アスク・ミー・ホワイ

Ask Me Why

Furuichi Noritoshi

古市憲寿

マガジンハウス

アスク・ミー・ホワイ

ニュースにはいつも続きがない。

悪質タックルをしたアメフト選手はどうなったのか。元号が代わる前に見せしめのように処刑された元教祖の遺骨は誰の手に渡ったのか。引退した国民的歌手はどのような生活を送っているのか。異性と握手したという罪で鞭《むち》打ち刑を宣告されたイランの詩人はどうなったのか。異性と握手しないという理由で、スイスで国籍取得が認められなかったイスラム教徒はどうなったのか。

もちろん本気で調べれば何かわかることもあるのだろうけど、ほとんどのニュースは第一報ばかりが、やたらスキャンダラスに伝えられる。だけどマスコミや世間は、すぐに新しい事件に目を奪われ、一つ前の事件を忘れていく。

港《みなと》くんのことも、多くの人はこの文章を読むまで忘れていたんじゃないかと思う。

彼はただの脇が甘い人間だったのか。加害者だったのか被害者だったのか。

きっと、そんなこともどうでもいいのだろう。

そういえば、そんなニュースもあったね。そう言ってほんの少しだけ彼のことを思い出したら、きっとまた新しい事件を話題にする。それも別にいい。僕だって、ほとんどの出来事に関してはそうだから。

だけど、どうしても港くんについてはこうして文章を書き残しておきたかった。だって、もしも世界のどこかで誤解を解いてくれる人が、たった一人でも増えるなら、それは意味のあることだと思うから。彼が遠く離れてしまった今だから、なおさらそう思う。誤解。そう、それはこれから僕の伝える物語のキーワードだ。

もちろん、僕が何一つの誤解なく彼のことを理解できているとは思っていない。そんなことは絶対に無理だから。

だからせめて、たくさんの港くんを思い出しておきたい。よみがえる彼の言葉はどれも優しくて、いつも僕の背中を押してくれる。

「悪い予感ばかりが当たるのは、そもそも未来に期待してないからだよ。本当に小さくてもいいから、いいことばかりを思い浮かべてみなよ」。彼に言われた通り、すぐにでも起こって欲しい出来事を心の中でつぶやいてみる。

君が隣にいないことはとても寂しいけれど、今日も何とかやっていけそうだよ。港くん、君に出会えて本当によかった。心からそう思う。

2月28日

初めて港くんと会ったのは、シベリアから五年ぶりの大寒波が到来した日だった。BBCのウェブサイトを見ると、アムステルダム市内はマイナス6度まで気温が下がり、体感気温はマイナス13度と予報されていたことを覚えている。

その日、僕が起きたのは昼過ぎだった。遅番の翌日は、午前中に起きられたためしがない。何か食べようと共用のキッチンへ行き、冷蔵庫を空けると、自分で買った食材がカリフラワーと、作り置きのクリームチーズペーストくらいしかないことに気が付く。お金に余裕があるならUber Eatsでも利用するところだが、もっと割のいい仕事が見つかるまでは節約を続けたい。

しかもフリーランスビザの更新のために、来週には移民局に対して355ユーロを払わなくてはならないのだ。空き時間にUber Eatsの配達員でも始めるべきだろうか。そんなことを寝起きの頭で考えていた。

食器入れからまな板を取り出し、カリフラワーを1㎝幅の薄切りにする。これくらいはばれないだろうと、誰かのレモンを拝借し、水気を拭き取ったあと、ゼスターで皮を削った。フライパンを中火にかけ、共用のオリーブオイルを入れる。フライパンが温まったら、そのままカリフラワーを加えて、蓋をする。カリフラワーは火の通りが早いので、下ゆでが必要ないと教えてくれたのはサクラだった。

あのときの僕はまだ、自分が料理を仕事にするなんて思っていなかった。彼女の顔が思い浮かびそうになって、あわてて意識をカリフラワーに集中させる。ほどなく香ばしい匂いがしてきたので、蓋を外してもう片面も焼いてしまう。塩とこしょうをふりかけ、皿に盛り付けた後、さっき削っておいたレモンの皮を散らした。

もう一度冷蔵庫を開けて、「ヤマト」とマジックで書かれたクリームチーズペーストを取り出す。初めは「YAMATO」だったけれど、日本語のほうが間違われにくいと気付いてからそうしている。先週作ったばかりなのだが、もうほとんど残りがない。

今日はせっかくの休みだから、ペーストやオイル漬けを作り置きしておこうか。そんなことを考えながら、チーズペーストをバゲットに塗っていく。

ダイニングテーブルに座り、窓の外を見ると、空は一面が重い雲に覆われていた。すっかり見慣れた古いレンガ造りの街並みは、夏と冬では受ける印象がまるで違う。また今日も雪になるのだろうか。香ばしい焼きカリフラワーに、レモンのアクセントが合う。サクラが残していった内田真美《まみ》さんのレシピは、もうほとんど読まずに作れるようになってしまった。

皿とフライパンを洗っていると、アマンダが足元に寄ってくる。シェアメイトが飼っている黒猫だ。「ごめんね、何もあげるものがないんだよ」と言いながら撫《な》でようとすると、僕の手を振り払いシンクの上に飛び乗る。本当に食材がないことを確認すると、あっさりとキッチンから出て行ってしまった。現金な猫だが、余計な隠し事をしないだけ、人間の女よりもましだと思う。

歯を磨きながら眺めていた鏡で、随分と前髪が伸びてきたことに気付く。アムステルダムにはアジア人向けの美容院もあるが、理想通りの髪型になったことがなくて、つい髪を伸ばしがちになってしまう。もちろん、この目つきの悪い一重と狐のような鼻では、髪型にこだわっても仕方ないことはわかっているけれど。

日本から持ってきたユニクロのシームレスダウンを着込んで、アパートメントの階段を降りる。幅が異様に狭くて暗い階段は、一人通るのがやっとだ。

シェアメイトから、階段の幅で固定資産税を課税されていた時代の名残りと聞いたことがあるものの、真相はわからない。引っ越しのためにスーツケースを持ち込んだときは、何度も心が折れそうになった。この狭くて急な階段を30㎏はあったリモワのスーツケースと共に3階まで上がらなければならなかったのだ。なぜ異国の地で僕はこれほど惨《みじ》めな目に遭わなければならないのか。

思えば、あの日からサクラに対する憎しみが確かなものになったように感じる。彼女さえいなければ、この階段を一人で登ることはもちろん、オランダへ来ることさえなかったのだから。

ドアを開けると、雪が降り始めていた。吹雪だった。先週は気温が15度まで上がり、今年は暖冬だとニュースキャスターが語っていたのが嘘のようだ。手袋をしっかりはめ、コートのジップを口元までしっかりと上げる。

ヨーロッパの冬は、風との戦いだ。盛岡出身の僕は、日本にいるときは寒さに強いと自負していた。だけど容赦なく肌に突き付けてくる大陸ヨーロッパの冷徹な突風にはいまだに慣れない。

アパートの前に停めていた自転車の二重ロックを解除する。欧州の中でも治安がいいとされるオランダだが、自転車だけはすぐに盗まれる。僕自身に経験はなかったが、同じ日本食料理屋に勤める同僚は何度も被害に遭っていた。ネットニュースによると、盗難された自転車は一度ポーランドに集められた後で、アフリカへ向かうのだという。

専用道路が整備されているので、普段はアムステルダムで最も快適な移動手段である自転車だが、今日は乗ってほんの数十秒で失敗だったことに気が付いた。氷点下の風が容赦なく全身に吹き付けてくるのだ。特に顔はドライアイスを押し付けられたような冷たさである。

一日の始まりがうまくいかない日は、決まってよくないことばかり起こる。

しかし一度家を出てしまったからには仕方ない。ベートホーフェン通りを抜けて、ヘルダーランドプレインへと向かう。いつもなら運河沿いの道を好んで選ぶところだが、今日は最短距離で到着できるルートを選んだ。

移動中に考えるのは、いつものようにサクラのことだった。彼女から一緒にオランダに移住しないかと誘われたのは今から四年前のことだ。僕たちはたまたま観ていたフジテレビのドキュメンタリー番組で、オランダではフリーランスビザを取得すれば、企業から雇用の確約がなくても働けることを知った。

かねてから海外で住むことに憧れ、週に三度も英会話教室に通っていたサクラは、すぐにこの話題に飛びつく。神田に本社のある文房具販売会社の事務職という、堅実だが華やかさのない仕事を、彼女はいつも辞めたがっていた。

実際、僕たちのアムステルダム行きはトントン拍子に進んでしまう。あのときは、彼女の裏切りを頭の片隅でさえ考えつきもしなかった。

つい道を間違えそうになる。吹雪は強くなる一方だ。ようやく到着したヘルダーランドプレインは、今まで見たことがないような真っ白な雪化粧を施《ほどこ》されていた。せっかくだから写真を撮っておこう。iPhoneのカメラをパノラマモードにして、周囲の写真を撮影しようとする。だけど、まだシャッターを押してもいないのに、いきなり怒鳴り声が聞こえてきた。

「GEEN FOTO'S VAN MIJ MAKEN!」

困惑して、声が聞こえたほうを向くと、銀色のダウンジャケットを着た大柄の黒人男性が立っている。除雪車の作業員らしい。一応あたりを見回してみたが、僕以外には誰もいない。どうやら彼はこの僕に怒りをぶつけているようだった。

困惑した顔をしてもう一度、彼のほうを向くと、まだすごい剣幕で怒鳴っている。オランダ語なのか英語なのかわからないが、早口なので何を言っているかわからない。それにしてもなぜ除雪車の作業員を怒らせてしまったのだろう。

「撮影は許可されてないだってさ」

いきなり肩を叩かれて振り向くと、同僚のカンがいた。僕と同じオリガミという日本料理店で働いている韓国人だ。カンが一言、二言、黒人作業員に話しかけると、彼は顔をしかめたまま除雪車に乗り込んでしまった。

「彼、自分が撮られたんだと思ったらしいよ」

「僕はただ雪を撮ってただけだよ。それに何でカメラを向けられたくらいであんなに怒るの？」

「Een vervelend misverstandだね。お前もいい加減にオランダ語くらい覚えろよ」

そう言ってカンはいつもの自慢げな顔をして見せた。元々の細い目を余計に細めるものだから、ほとんど目を瞑《つむ》っているような表情になる。彼なりの嫌味《いやみ》なのだろう。そんなに日本人が嫌いなら、わざわざ日本料理店で働かなければいいのに。

「Een vervelend misverstand」の意味も説明もせずに、カンは笑顔で「ヤマト、こんな雪の日に買い物か」と話題を変えてきた。

正直に「家の食材が切れちゃったんだよ」と答える。

「カンはどうしたの？」

全く興味はなかったが一応聞いてみる。

「恋人の誕生日なんだ。アジアの食材はここが一番品揃えいいから、何か作ってあげようと思ってさ。ヤマト、新しい恋人は見つかった？」

カンは嬉しそうにまた目を細める。やっぱり聞かなければよかった。「うるさいな」とカンの胸元を軽く叩《たた》く。冗談のように言ったつもりだが、僕の憎しみが悟られてしまったかも知れない。日本語で小さく「どうせオランダ人には相手にされなくて中国人の彼女なんだろ」とつぶやく。

彼は韓国の延世《ヨンセ》大学を卒業後、就職難のソウルを抜け出してバックパッカーになり、ヨーロッパを転々とした後でオランダにたどり着いた。生まれた国で成功できなかったという点では僕と同じはずなのに、やたら自慢ばかりをする。「延世大学は日本の慶應大学と同じレベルなんだよ」という話なんて何度されたかわからない。

それでも彼を邪険《じゃけん》にしきれないのは、僕にとって貴重な知り合いの一人だからだ。サクラと離れたことをきっかけに、彼女を通じた交友関係は一気に消えてしまった。

大嫌いだった中学生の頃を思い出す。わずか四十人足らずのクラスメイトから友だちを探せと言われて、いつも途方に暮れていた。机が近くて仕方なく一緒に給食を食べていた大田くん。通学班が一緒というだけでやけに馴《な》れ馴れしかった千代田さん。一人ぼっちになりたくない一心で何とか話を合わせていた。

今の生活はそれに似ている。大して気が合わない人々と、無理やりにでも友だちごっこをしないと孤立してしまう。カンの言う通り、オランダ語でも話せれば別なのだろうか。だけど、それよりも先に英語だ。オランダに来た頃よりはだいぶ上達はしたけれど、まだ英語が流暢《りゅうちょう》な人々の輪には緊張してうまく入れない。その意味で、韓国語訛《なま》りのカンの英語は、僕にでも聞き取りやすくてありがたかった。

カンと別れて、店内のスーパーを物色する。カートをぶつけたか何かでアラブ系の女性と白人の男が大声で口論をしていた。こんなことは日常茶飯事のはずなのに、さっきの黒人の怒鳴り声を思い出して嫌な気分になる。

海外で暮らしていると、時に日本では経験しなかったような理不尽さに遭遇することがある。理由もなく舌打ちをされたことは一度や二度ではないし、スーパーやレストランで心底嫌そうに接客されることも珍しくない。

ニンジン、ジャガイモ、ナスなど必要な食材を買い込む。本当はディルクに行ったほうが節約になるのだが、品質が心配でついアルバートハインを選んでしまう。納豆など日本からの輸入食品は概して高いが、醬油《しょうゆ》と豆腐が安いのはありがたい。会計を済ませて外へ出ると、相変わらずの寒さだったが、雪はもうほとんど止んでいた。例の除雪車も姿を消している。

幾重にも重なった灰色の雲の隙間からは、うっすらと太陽が覗いていた。目を細めながら、いつまでこの街で暮らすのだろうと心許なくなる。

おそらくフリーランスビザは更新できるだろうが、サクラが去った今、本当ならばアムステルダムに固執する理由は何もないのだ。日本へ帰ってもいいし、他の国への移住を考えてもいい。

僕は何に縛られてこの場所にいるのだろう。そんなことを思いながら自転車のチェーンを外していると、ポケットからｉＰｈｏｎｅが落ちてしまった。何とかうまくキャッチしようと思ったものの、無残にも路面へと自由落下していく。

せめて雪の上に落ちればよかったものを、運悪く歩道の隅に液晶画面が当たってしまったらしく、細かなヒビが入ってしまった。さっき怒鳴られたことといい、今日は本当についていない。やっぱり悪い予感ほど当たる。

「やっちゃったな」と独り言を吐きながらスリープボタンを押すと、起動は問題なくできるようだった。ＬＩＮＥには二件、Ｆａｃｅｂｏｏｋには一件の新着メッセージが来ている。ＬＩＮＥはニュースとタカラッシュからの定期配信だったが、Ｆａｃｅｂｏｏｋには「Kohei Suginami」という見知らぬアカウントからのメッセージだった。

「元気？　ちょうど今、アムステルダムなんだけど、お茶でもしない？」

新手の詐欺かと訝《いぶか》しがりながらプロフィールをクリックしたら、そこにはほとんど忘れかけていた懐かしい顔があった。あのコーヘイか。本当に久しぶりにその名前を思い出した。

スギナミ・コーヘイは浪人時代の数少ない友人の一人だ。友人といっても、たまたま自習室の席が近くになった時に一緒に昼食をしたり、まれに映画を観に行ったりといった程度の関係だ。僕の二浪と、コーヘイの早稲田大学への合格が決まってからは、お互い気まずくて会わなくなってしまった。

もう十年近く前のことだから、今さら何のわだかまりもないが、あまりにも突然のことにびっくりしてしまう。何と返信しようかと迷っていると、Facebookを通じてコーヘイから電話がかかってきた。

「ヤマトくん？　オンラインだったから電話しちゃった。Facebookでアムステルダムを検索したら、ヤマトくんがヒットしてびっくりしたよ。僕は明日までいるんだけど、よかったらお茶でもしない？」

今日は僕が働くオリガミの定休日で、明日まで予定は何も入っていない。正直、コーヘイと何を話せばいいか何も思いつかなかったが、断る理由もないと思ってカフェで待ち合わせをすることにした。今さっき、タリスでアムステルダム中央駅に着いたところだというので、一時間後に駅前にあるボイジャーというカフェで会うことになった。おそらくこの天候だと、ほとんど人もいないだろう。

僕は一度家に寄って荷物だけを置いて、ボイジャーへと向かうことにした。

店内を見渡していると、すでに窓際の席にコーヘイが座っていた。予備校時代はだらしない長髪だったはずだが、短く切り込まれたツーブロックになり、セーターの上からでも身体をよく鍛えているのがわかる。向こうも僕に気が付いたらしくて、手を挙げて微笑んできた。

「ヤマトくん、本当に久しぶりじゃない？　突然ごめんね」

「いや、どうせ暇だったから。アムステルダムは旅行？」

店員にカフェラテを注文して、席に座る。案の定、店内はがら空きだった。

「うん。二週間くらいかけてヨーロッパを回ってるんだ。それにしても、アムステルダム、異様な寒さだよね。昨日のパリも寒かったけどそれ以上」

コーヘイは大学在学中に友人とスパイスというスタートアップ企業を起こし、今ではそこの役員に収まっているという。一度も聞いたこともなかったが、動画共有サイトを運営しているようだ。今のところ大成功というわけではないが、複数のエンジェル投資家がついていて、資金は潤沢にあるという。この一年以上、休みなく働いていたから、久しぶりに休暇をとってヨーロッパ旅行をしているらしい。

彼が人並み以上の稼ぎをしていることはその身なりからわかった。モンクレールのダウンコートを羽織り、エルメスのアップルウォッチを身につけている。机の脇に置いてあるボストンバッグにも大きくルイ・ヴィトンのロゴが書かれていた。まるで子どもの名札のように見える。

「そういえば夜はどうするの？　ホテルはどこ？」

もしもコーヘイに予定がないなら、夜に我が家に招待してもいいと思い始めていた。彼が東京でどんな家に住んでいるかは知らないが、この十年のことをもう少し聞いてもいいかも知れない。帰国した暁にはコーヘイが職を斡旋《あっせん》してくれるのではないかという虫のいい考えさえ頭を一瞬過《よぎ》る。

もちろん、そんなことは無理だとわかっていた。そうやって誰かに頭を下げられるなら、僕は今頃、全く別の人生を送っていたはずだから。

「夜はちょっと人と会う用事があるんだよね」

一瞬、おかしな妄想をしてしまった自分が恥ずかしくなる。それだけ社会的に成功しているなら、アムステルダムで何か用事があってもおかしくない。頭の中を覗かれたわけでもないのに急に気まずくなって、努めてそっけなく聞く。

「仕事で知り合った人？」

「ううん、出会い系」

「出会い系？」

予想外の回答に思わず声を上げてしまう。試したことがないが、同世代の間で出会い系アプリが流行していることくらいは知っていた。

欧米ではもちろん日本でも利用者は急増していて、かつての同僚もＰａｉｒｓで見つけた相手と結婚していた。僕の参加しなかった式では異業種交流会で知り合ったと紹介されていたらしい。世界中で展開されているサービスも多いから、コーヘイがアムステルダムで誰かと待ち合わせをしていても不思議ではない。

しかし僕の経験上、アジア人の男はとにかくモテない。どこの国でも日本人女性がすぐに恋人を作ってしまうのとは対照的だ。コーヘイがどのアプリで、どのように相手を見つけたのか興味があった。

「使ったことないんだよね。なんてアプリ？」

「たぶん知らないと思うけど、Ｒｕｍｂｌｅっていうの」

そう言いながら、コーヘイは手元のｉＰｈｏｎｅでアプリを起動して見せてくれた。一瞬その違和感の理由がわからなかった。しかしそのおかしさに気付くと、思わず驚きの声を出してしまう。

「これ、全員男じゃない？」

「あれ、僕ってヤマトくんに言ってなかったっけ。そっか、予備校時代はまだカミングアウトしてなかったよね」

コーヘイはこれまで何度も同じような場面に遭遇してきたのだろう。僕の反応をうかがうでもなく、たしなめるでもなく、あっさりと自身がゲイであることを告白した。悪いと思いながらも、まじまじとコーヘイを凝視してしまう。

ゲイと言われなければ、全くそれとは気付かない見た目だった。雰囲気や言葉に柔らかさはあるが、極端になよなよしているわけでもないし、女言葉を使うわけでもない。しかし同性愛者は少なくとも人口の数％に存在すると聞いたことがある。ということは、誰もが見た目にわかりやすいゲイというわけでもないのだろう。

「このアプリ、便利なんだよ。ＧＰＳですぐ近くにいる仲間を探せるんだ。ほら、この写真の人たちは、みんなこのすぐそばにいる。チャットして意気投合したら、そのまま会える。便利でしょ」

日本でＴｉｎｄｅｒやＰａｉｒｓが流行したのはこの数年のことだが、ゲイ向けの出会い系サービスにはもっと長い歴史があったという。

出会いの場は、新宿二丁目などのゲイタウンから、１９９０年代にはインターネット上の掲示板に移行し、それがｍｉｘｉのようなＳＮＳになり、最近ではＲｕｍｂｌｅやＨｏｏｋｕｐといったアプリが主流となった。確かに出会いの場が限られる同性愛者にとって、デートアプリは切実なツールなのだろう。

「ヤマトくんを待ってる間にいい相手がいないかなって探してたんだよ。何人かには無視されたりすぐブロックされたんだけど、このソウっていう人と話が盛り上がったの。顔写真がなくて、身体の写真しか載せてなかったから、チャットしてみて変な人だったら会うのを止めようと思ったんだけど、偶然日本人だったたんだよね。好みのタイプじゃなかったらすぐに帰っちゃえばいいから、とにかく会おうと思ってさ」

ソウという人物のプロフィールページを見せてもらった。「27歳、173㎝、56㎏、アジア人」という基本的な情報、英語での自己紹介に加えて、「0・8㎞離れています」「オンライン2分前」という表示がある。

プロフィール写真を見ると、ソウという男性は細いながらも、ほどよく筋肉がついた体軀《たいく》のようだった。腹筋はきちんと六つに割れている。もう一枚の写真は、アムステルダムの運河で友人と撮ったもののようだった。一瞬、その写真をどこかで見たことのある気がしたが、おそらく思い過ごしだろう。もしかしたら、背景に映り込んでいる運河か橋を通ったことがあるのかも知れない。

「どうしたの、じっくり見ちゃって。ソウくんのこと気に入った？」

「いや、写真だけ見て会っちゃうなんてすごいなあと思って」

「直感的に気に入ったら会う。シンプルでしょ。ヤマトくんは今、彼女いるの？　いないなら試してみたら？　男女向けでも色々アプリはあるでしょ」

そう言いながら、コーヘイは人差し指をスライドさせる動作をした。

出会い系アプリのマッチング機能では、ひたすら恋愛候補の写真が表示されるので、それを「ありだったら右スライド」「なしだったら左スライド」といったように瞬間的に取捨選択をしていく。その結果を人工知能が学習し、利用者にとっての最適な相手を提案してくれる。

確かに、せっかく海外にいるのだから、もっと積極的に出会いを求めてもいいのかも知れない。自分のような人間がヨーロッパで需要があるとは思えなかったが、中には物好きもいるだろうし、何ならカンのようにアジア人のパートナーを探してもいい。アジア人の話す英語なら僕にとってもわかりやすく、意思疎通もしやすい。

この鬱屈《うっくつ》したオランダ暮らしも、恋人ができるだけで一気に素晴らしい毎日に変わるのかも知れない。

気付くと時刻は17時45分を回っていた。コーヘイはソウと18時に待ち合わせをしているという。チャットを見せてもらうと、場所はここから歩いて十分程度のバーだった。そろそろ店を出た方がいいだろう。コーヘイは遠慮したが、ソウなる人物を一度見てみたいと思って、その場所まで送っていくことにした。

僕がこんな好奇心を発揮したのはいつぶりのことだろう。コーヘイの思わぬカミングアウトに、少し浮かれていたのかも知れない。二人分のコーヒー代である9ユーロをPINカードで払う。コーヘイが払うと言ったが、これくらいは見栄を張りたかった。

カフェを出ると、外はまだ信じられない寒さだった。

ダウンコートや手袋で身体の寒さは防げるものの、吹き付けてくる風のせいで顔が凍傷になりそうだ。日本よりだいぶ緯度の高いオランダは、冬はとても日没が早い。暗くなりかけた雪道をコーヘイと共に歩く。

自転車を押しながら、ふと彼を抱けるだろうかと想像してみた。ハグくらいはたやすい。目をつぶりながらならキスくらいはできるかも知れない。だけどその先は？ 想像するのが怖くなって思わずコーヘイとは反対の街路のほうを向く。

「こうやって実際に人と会う前って緊張するの？」

「うん、毎回すごく緊張するよ。今度こそ運命の人だったらどうしようってね」

コーヘイは少し恥ずかしそうににやける。その表情がとても野性的に見えた。

指定された赤灯地区のワルムス通りは、ゲイ向けの施設の多いエリアのようだった。パン屋やピザ屋のすぐ隣にレインボーフラッグを掲げたカフェやバーが建ち並んでいる。ボンデージファッションの専門店を通り過ぎるときは、コーヘイではなく僕のほうが興味深く店内を覗き込んでしまう。

少しずつ日が暮れ、アムステルダムが街灯の柔らかい色に染められていく。

通りには、当たり前に手をつないだり、キスをする男性同士や女性同士のカップルが目立った。もっとも、アムステルダムではエリアに関係なく見慣れた光景だ。僕自身、同性愛者に偏見はないと思っていたが、こうして堂々としているゲイやレズビアンを見ると、今でもたまに面食らう瞬間がある。

もっとも、僕とコーヘイも他人からはゲイストリートを並んで歩く仲睦《なかむつ》まじいカップルにしか見えないのだろうけど。

「あのバーじゃないかな？」

グーグルマップが示していたのは、書店を改装したブックカフェのような佇まいの店だった。レイジンという白い看板が掲げられた店の中では、数組の男女が本を読みながらコーヒーを飲んだり、軽食を食べたりしている。どうやらゲイ専用の店というわけではないようだ。

「お店の名前ここであってるよね？　じゃあ僕は帰るよ。楽しんできて」

「ヤマトくんもちょっと会っていく？」

もともと顔くらい覗いていくつもりだったとは言わずに、素っ気なく「そうだね」と返事をした。さっきのアプリには顔を載せていなかった人物だから、もしかしたら顔見知りという可能性もある。それくらいアムステルダムの日系コミュニティは狭い。

全く見知らぬ人物でも、コーヘイがどんな男と会うのか興味があった。意気投合した場合、このまま二人はホテルかどこかへ流れるのだろう。

思わず、生々しい想像をしてしまう。

当のコーヘイは至って冷静で、待ち合わせた男とチャットでやり取りをしていた。そして奥の席で深く帽子をかぶった男の前で足を止める。派手なグッチのスウェットと、ラフなキツネのパンツを身につけていた。

「あれ？　二人？　俺、二人相手できるかな」

そう言いながら、にこりと微笑む。その顔には見覚えがあった。少し痩《や》せていて、うっすらとヒゲも生やしているが、たぶんあの彼だ。名前だけが咄嗟《とっさ》に出てこない。

「現地の友だちに送ってもらったんです。すぐそこでお茶してたんで」

コーヘイが説明しながら、ダウンジャケットを脱ぐ。しかし彼が誰かまるで気が付いていないようだ。

「そうなんだ、ありがとね」

男は急に立ち上がると、僕の首に手を回し、いきなり軽いキスをしてきた。

一瞬のことで、拒む隙さえもなかった。

それどころか何が起きたのかもわからなかった。

柔らかな唇を介して、アルコール臭い息が、口の中に入り込んでくる。目の前に押し付けられたその顔を見ると、視点が定まっていなくて、頬《ほお》もだいぶ赤い。この街ではいたるところで充満しているマリファナの匂いではなくて、代わりにミカンと桃を混ぜたような甘い香りがした。

「彼、ゲイじゃないんですよ」

コーヘイが間に入って、やんわりと彼の身体を僕から離してくれた。男は一瞬驚くと、顔の前で手を合わせて本当に申し訳なさそうに謝ってくる。

「ごめんね、俺いつもはこんなキャラじゃないんだよ」

しっかりと直視できなかったが、驚くほど整った顔であることがわかった。くっきりした二重の大きな瞳と、整った小さな鼻に、少しだけ高い位置にある頬骨《ほおぼね》。目が合ったのはたった一瞬なのに、その顔が鮮烈に目に焼き付く。

「大丈夫です。じゃあ俺はこれで」

反射的にこの場所を立ち去らなくてはいけないと思った。コーヘイに挨拶もせずに、慌てて店を飛び出した。まだ心臓がバクバクしている。顔が赤くなっているかも知れない。家に帰るまで待てなくて、少し歩いたところにあったマクドナルドに入った。ホットコーヒーだけを注文して、窓際のカウンターに設置された堅い椅子に腰掛ける。そして、ヒビの入ったｉＰｈｏｎｅを取り出して、インスタグラムを開く。

アムステルダムに関係のありそうなアカウントは片っ端からフォローしていたが、すぐにその写真は見つかった。

港くん。

顔を隠していたさっきの写真とは違って、きちんと日に焼けた顔をさらしていた。アムステルダムの運河で、友人らしき金髪の女性やアラブ系の男性と、一緒にビールを飲んでいる。ハッシュタッグにはしっかり「#Amsterdam」と入っていたが、それが旅行で一時的にこの街へ来たのか、それとも長期滞在かはわからなかった。しかしさっきの雰囲気だと、どうやら本当に彼はこの街に住み始めたらしい。

あの噂は本当だったのだ。

３月１日

ｉＰｈｏｎｅの目覚ましアラームが鳴る前に起きてしまった。窓の外はまだ薄暗いが雪は降っていないようだ。５畳に満たない個室には荷物が溢《あふ》れていて、最近ではマットレスの上にまでパソコンや雑誌を置き始めている。床には乱雑に服や書類が積み上げられていて、足の踏み場もない。白い壁は薄汚れているし、照明もＩＫＥＡで買ってきた20ユーロのペンダントランプだ。家具らしい家具のないこの部屋だけを写真で見たら、誰も僕がオランダに住んでいるとは信じないだろう。しかし、もともとストレージだった部屋を３００ユーロという格安で借りているのだから文句は言えない。

この狭い現実を目の前にすると、昨晩自分の身に起こったことが俄《にわか》には信じられない。僕は、あの港くんにキスをされてしまった。考えれば考えるほど、あの瞬間が夢のようによみがえってきた。ｉＰｈｏｎｅをバッテリーから外し、昨日から何度も読んだはずのＷｉｋｉｐｅｄｉａに再び目を通す。

港颯真（みなと そうま、10月17日生まれ）は日本の元俳優。神奈川県藤沢市出身。『仮面ライダー』シリーズでデビュー、『アマチュア』や『サードプレイス』など数多くのドラマや映画に出演し人気を博すものの、週刊誌報道をきっかけに芸能界を引退

僕は芸能界にそれほど詳しいほうではないけれど、港くんの名前は当然のように知っ

ていた。高校生の頃に観ていたドラマには何作も彼が出演していたし、日本にいたときはテレビCMでもよく見かけた。パソコンだかスマート家電だかの広告キャラクターになっていたから、職場で見たことがあるのかも知れない。

だからあのニュースにはひどく驚いた。すでに僕はアムステルダムに住んでいたのだが、ネットニュースでは連日のように彼の名前が報じられていた。

しかし事件の真相追求が行われる前に、港くんは電撃的に芸能界の引退を発表してしまう。引退会見さえ開かれず、疑惑自体も曖昧《あいまい》なままだった。しかし、森友学園や加計学園といった政治ニュース、松居一代の離婚騒動などにかき消される形で、世間はあっさりと港くんのことを忘れてしまったようだった。

僕も同じだ。引っ越しをしたり、仕事先を探したり、日々の暮らしや新しいニュースに出会う中で、港くんのことなんてすっかり忘れていた。

あれは二ヶ月ほど前のことだ。僕の働く日本料理店オリガミがインスタグラムを始めるというので、参考になりそうなアカウントを探していた。「#Amsterdam」や「#JapaneseRestaurant」といったハッシュタグをたどっていたとき、たまたま見つけたのが港くんの写真だったのだ。

はじめはただのアムステルダムの写真に対して、異様な数の「like」がついている理由がわからなかったのだが、プロフィール写真を見てようやく港くんの存在を思い出した。検索してみると、約半年間も世間から全く姿を消していた彼が、秋からインスタグラムを開設したことが小さなネットニュースになっていた。

ハッシュタグや背景を見る限り、彼はヨーロッパの街を転々と移動しているらしい。「#Amsterdam」と書かれた投稿は一点しかなかったので、引っ越してきたかまでの確信は持てなかった。

アムステルダムは人口八十万人を越える街だが、日系コミュニティは決して大きくない。もちろん全員が顔見知りというわけではないが、ちょっとした事件や出来事はすぐに拡散されてしまう。有名人が引っ越してきたらしいという噂はたまに流れるものの、誰かがはっきりと港くんという名前を出しているのは聞いたことがない。

その彼にあのような形で対面することになるなんて。

あの事件のとき、港くんがゲイという噂はネットにも載っていた。そもそも問題となった写真を売ったのが、港くんの彼氏だったという話もある。痴情のもつれがスキャンダルにつながったというのだ。

全ては憶測に過ぎなかったが、少なくとも港くんがゲイアプリに登録していたことは間違いない。昨日の夜、コーヘイは港くんとセックスをしたのだろうか。

Facebookには、コーヘイからのメッセージはなかった。確認するとオンラインになったのは十時間前だ。もしかしたら二人はまだ一緒にいるのかも知れない。何かメッセージを送ろうとも思ったが、無粋《ぶすい》だと思ってやめた。正確に言えば、興味は大いにあったけれど、どのような言葉を打てばいいのか全く思いつかなかった。

iPhoneから目覚まし代わりのアラームが鳴り始める。朝6時。今日は早番だったから、6時45分までに出勤しなければならない。結局昨日は料理をするどころではなかった。冷蔵庫からアボカドとツナ缶を出して、わさびと和える。そこに残りもののレモンをかければ一品のできあがりだ。さすがにこれだけでは寂しかったので、豆腐を取り出して、バターをのせ、醤油をかけて電子レンジで温める。

その間に共用のネスプレッソでコーヒーを淹《い》れて、素早く飲み干す。カフェインの苦みが扁桃腺《へんとうせん》を刺激する。その感覚が不思議と昨日のキスを思い出させた。あの柔らかい唇までがよみがえりそうになる。何となく気まずくて、蛇口をひねり、冷たい水道水で口をゆすいでいると、シェアメイトのオーレが声をかけてきた。

「なんだか嬉しそうだね。女でも見つかったか？」

「全然。昨日、男友だちが来てただけだよ」

「ついに男に目覚めたか？」

オーレは馴れ馴れしく僕の肩を抱いてくる。南米出身のせいか、やけにボディタッチが多い。僕はやんわりと彼の腕をどけると、俯《うつむ》きながら応えた。

「そのボーイフレンドじゃないよ」

「ボーイフレンド」と発音した瞬間、港くんとコーヘイが裸で抱き合っている姿を想像してしまい、不思議な気分になる。同性愛に差別意識なんてないはずなのに、見知った友人となれば話は変わってくる。興味本位で詳しく事情を知りたくなる一方、コーヘイの裸姿なんて思い浮かべたくない。

その日の仕事は散々だった。幾度となく港くんやコーヘイのことを考えてしまい、調理でも接客でもいつも以上にミスを繰り返してしまう。頭の中では安っぽいCGのような二人が何度も裸で抱き合っていた。

「ヤマトくん、本当にとろいよね。よく海外で働こうと思ったなあ。ぶっちゃけ、代わりの日本人なんていくらでもいるんだから」

店長のメグロさんが、いつものように嫌みったらしく説教してくる。マスクもせずに話し続ける彼の唾液が、何度も豚汁に入るのを目撃したが、もちろん何も指摘しなかった。

店長とはいえ、メグロさんも雇われの身であることに変わりない。噂では売れない小説家だったが、日本ではにっちもさっちもいかなくなって、オランダへの移住を決めたらしい。こんな吹きだまりしか集まらないような職場だからこそ、嫌がらせもあれば、いじめもある。僕の前に勤めていた日本人の女の子はロッカーの中身を勝手に捨てられたこともあったという。

それでもサービス残業とは無縁の生活を送れることはありがたかった。今日も早番だったため、15時には店を出ることができた。

そわそわしながらロッカーの中からiPhoneを取り出してみたものの、コーヘイから何の連絡も入っていない。本当は自分から連絡したかったが、他人から根掘り葉掘り聞かれることのうざったさは十分に承知している。サクラと別れた後は、共通の知人から何度、興味本位に満ちた醜悪《しゅうあく》な質問を浴びせられたかわからない。

吹雪は止んで、空は気持ちいいほどの青空だったが、まだ気温は氷点下のままだ。まっすぐ家に帰ろうとしたはずなのに、何を考えたか自然と足が赤灯地区へ向かっていた。その間も何度かiPhoneを確認してしまうが、新しいメッセージはない。

街を歩いていれば、また港くんに会えると思ったわけではない。彼にどうしても会いたいというよりも、少しくらいのハプニングが起こってもいいのではないかと変な期待を抱いてしまったのだ。

アムステルダムの赤灯地区は、世界的に有名な風俗街である。飾り窓ともいうが、通りに面したガラス張りの建物で、風俗嬢たちが客を待っていた。彼女たちは国が認可を受けた自営業者で、場所を借りて堂々と売春をしているのだ。

サクラと付き合っていた頃、一度だけ来たことがある。正確に言えば、彼女の浮気が発覚した夜、やけくそになって赤灯地区へ向かった。

いい思い出ではない。赤灯地区を何周もして、とびきりの美女を選んだつもりだった。金髪が腰まで伸びた、青い目をした美人。胸も大きかった。絵に描いたような「白人」とセックスをするなんて初めてだ。緊張しながら50ユーロを払うと、途端に無表情になり、キスをするには40ユーロ、胸を揉むには30ユーロが追加で必要だと交渉してきた。僕が困惑して断ると、ランジェリーを下だけ降ろし、ブラジャーをつけたまま、指先で手招きをする。「どうぞご自由に」という意味だろうか。

何とか気分を盛り上げようとするが、何をしても彼女は無表情のままだ。努力の末、何とか挿入こそはできたが、射精まではいかずに時間切れになってしまった。彼女は冷めた目つきのままシーツを片付け始める。早く出て行けという合図だろう。

僕は惨めな気持ちで服を着て、そそくさと部屋を出た。50ユーロしか払わなかったことで気分を害したのか、アジア人に対する差別意識があったのか今となってはわからない。とにかくそれ以来、飾り窓で女性を買おうなんて思ったことはなかった。

赤灯地区といっても、風俗店は一ヶ所に密集するのではなく、いくつものブロックに分散している。昼間は観光客も多く行き交うエリアだ。客は夜間のほうが多いのだが、昼間でも窓に立つ女性は多い。

しかし誰もが美女というわけではない。窓の向こうをちらちら見ながら歩いているが、無様に太りきった腹を惜しげもなく見せる中年や、死期の近いカモシカのような貧相な女たちが視界に飛び込んでくる。

変な気を起こさないで家に帰ろうと思ったとき、巨体のアフリカ系女性と目が合った。胸以上に腹が大きく突き出ていて、色気のかけらもない。前髪をそろえた黒髪のボブは、実家の母親を思い出させた。それなのにその女性から笑顔を向けられた瞬間、発作的に「いくら?」と聞いてしまったのだ。彼女は10ユーロ札七枚を見せてきた。70ユーロということだろう。あの美人より20ユーロも高い。それにもかかわらず「じゃあお願いします」と言ってしまった瞬間に電話がかかってきた。

「ヤマトくん? ビザとか詳しい?」

知らない番号からの着信で、名前さえも聞かなかったのに、すぐにその声だけで、それが港くんだということがわかった。

「わざわざ来てもらっちゃってごめんね」

指定された801号室のインターフォンを押すと、洗い立ての濡れた髪に、バスローブを羽織《はお》った港くんが部屋から出てきた。

失敗したと思った。目の前にいるこの男性は昨日、コーヘイと一夜を共にしただろう人物なのだ。そもそも、彼が男好きというのはネット上でも散々噂されていた。

アムステルダムの地理にそれほど詳しくないだろう港くんのことを慮《おもんぱか》ってホテルまで来てしまったのだが、これでは彼の誘いに乗ったようなものだ。オランダの法律ではわからないが、今ここで港くんに襲われても、日本だったら合意と片付けられるのではないか。

おそらく僕はあまりにも緊張した面持ちで立っていたのだろう。港くんはようやく合点がいったという具合に、手を叩きながら大声で笑い始めた。

「ごめんね。君のことを襲ったりしないから安心してよ。確かに俺はゲイだし、君の友だちとセックスしてから二十四時間も経ってないけど、男なら誰でもいいってわけじゃないから。君も、女の子だからって、誰とでもできるわけじゃないでしょ」

「ちょうど電話をもらったとき、まさにそんな女性といました」

そう返答をしながら、電器屋で働いていたとき、同僚たちが「誰とならやれる」「あいつはやれない」というゲスな話をしているのを思い出していた。言われてみれば、ゲイならば男全てを性的好奇心で見ているというのは差別もいいところだ。

もう一度ゆっくりと港くんの顔を見る。耳にかかるセミロングの黒髪、整っているのに子犬のようにも見える二重の目、小さな口に、恐ろしいほど小さな顔。男に全く興味がない僕が見てもこんな美しい人間が、一般人を相手にする理由がない。さっきまでの自意識過剰が途端に恥ずかしくなる。

港くんはただ僕に、事務的な手助けを求めているに過ぎない。彼は柔和な笑みを浮かべながら「よかったら入って」と僕を部屋へと促す。

大きな部屋には、横になれるくらい長いソファとテーブルセットが置かれていて、奥の部屋はベッドルームになっているらしい。大きな窓からは、遠くまでアムステルダムの市内が一望できた。冬至の時期に比べてだいぶ日は伸びたが、街はすっかり夕暮れに包まれている。

襲われるわけではないとわかったら、次は芸能人と話しているという緊張にさいなまれる。しかしさっきの誤解と違って、その緊張に気付かれてしまうのは恥ずかしい。努めて平静を装う僕がようやく絞り出したのは、あまりにもつまらない言葉だった。

「すごい部屋ですね。ホテルに住んでるんですか？」

「先週まではワルドルフにいたんだけど、一日15万の部屋に泊まり続けるのはばからしいかなと思って、引っ越してきたの。ここならキッチンもついて、一泊5万しないし」

それでも僕の一ヶ月の家賃よりも高いと思ったが、口には出さなかった。

大きくシュプリームと書かれた真っ赤なスーツケースの上に、乱雑に服が積み重なっているのが見える。次の言葉を考えていると、港くんはおもむろにバスローブを脱ぎ捨てて、服の山から薄いピンク色をしたマルジェラのフーディーと黒いデニムを選んで、さっと身につける。一瞬のぞいた身体はよく筋肉がついていて、今でも彼が熱心にトレーニングに励んでいるのがわかった。

「ヤマトくん、アムスに住んでどれくらい？」

「三年くらいです」

「いい街だね。初めは世界を転々としようと思ったんだけど、居心地の良さにびっくりしちゃった。だからちょっと長く住むのも悪くないと思ったんだ。そんな話を昨日、君の友だちとしてたら、ヤマトくんが詳しいっていうから」

そこまで一気に話した後、港くんは急に僕のほうを向く。感情が読みにくい顔だと思った。微笑んでいるのに悲しんでいるようにも見えるし、僕を馬鹿にしているようにも見える。

「そもそも俺のこと知ってる？」

「港颯真《そうま》さん、ですよね？」

知っているも何も、今日は朝から何度もWikipediaを読み返していたし、インスタグラムのリロードも繰り返していた。

しかしそれを伝えると気持ち悪く思われそうで、彼がアムステルダムにいるらしいというネットニュースを読んだことだけ伝えた。

「そっか、じゃあ週刊誌で書かれたことも知ってるよね？」

「はい、何となく」

「めちゃくちゃ大変だったんだよ。写真が出ただけだから、しらばっくれることもできたんだけど、もう疲れちゃってさ」

港くんは、フィリピンのセブ島や、スリランカなどアジアのリゾート地を転々とした後、一月の半ばにヨーロッパへ来たらしい。欧州の多くが加盟するシェンゲン協定が適用される国では、観光目的の場合九十日までの滞在ならビザは不要だ。港くんの場合、四月半ばまでは何の届け出もなく、アムステルダムに滞在できる。

「もしアムステルダムに住みたいなら、フリーランスビザがいいと思いますよ。日本人は取得が難しくないし、僕も一度申請したことがあるから、きっと助けられるし」

フリーランスビザの取得には、日本で戸籍謄本と、外務省による承認印を得る必要があるものの、港くんならば代理で取得してくれる友人がいくらでもいるだろう。書類をそろえ、こちらのしかるべき機関に提出すれば、少なくとも一時ビザは入手できると思う。週刊誌報道のことが気になったが、犯罪としては立件されていないのだから、大した問題ではないはずだ。

「急に会ったばっかりなのにごめんね。助かる。最近できた友だち、ＥＵ市民のやつらばかりで、ビザのこととかわからないっていうから」

僕は日本から取り寄せるべき資料をホテルの部屋に備え付けのメモ用紙に書き、ビザ取得までの流れと、並行してホテル以外の居住地を探す必要があることを説明した。

とにかく節約をしたかった僕は不動産探しにも苦労したが、お金のある港くんなら選択肢はいくらでもあるだろう。割高だが、日本人向けの不動産屋を使ってもいい。僕が話すことに、いちいち港くんは大きく頷き、三十分もしないうちにアムステルダムで居住するために必要なことは伝え切ってしまった。

ソファを立って帰ろうとすると、港くんからこの後の予定を聞かれる。もちろん、予定なんて何もない。

「飯、行かない？　俺さ、毎日Ｕｂｅｒ Ｅａｔｓとルームサービスばっかりで飽きちゃった。おいしい店あったら教えてよ。もちろん、おごるから」

港くんは真っ白に生え揃った歯を出して笑う。日本と違ってレストランが高いアムステルダムで、僕はあまり外食をしたことがない。自分の勤める店に誘おうとも考えたが、噂好きの日本人スタッフの好奇の目に、港くんをさらしたくない。

「この部屋、キッチンがあるって言いましたよね。よかったら僕が何か作りましょうか。こう見えて、日本料理屋で働いているんで、一般的なものなら作れますよ。すぐそばにアルバートハインがあるから、ちゃちゃっと買ってきちゃいます」

ここまで提案して、自分が気持ちの悪いことを言っているのではないかと自己嫌悪に襲われる。ただの一般人が芸能人相手に何を言っているのだろう。

「まじで？　手料理、食べるのなんてすごく久しぶりだ。ヤマトくんに会えてよかったな。いや、そういう意味じゃないから怖がらないでね。ただ嬉しくてさ。俺も一緒にスーパー連れて行ってよ」

港くんは服の山を倒して、派手なバーバリーチェックのダウンコートを取り出す。そのせいで他の服が散らばってしまったが、彼はまるで気にしない。あまり整理整頓が得意な人ではないようだ。

「本当は気の利いたレストランでも紹介できたらよかったんですけど。今度、友だちに聞いておきます。確か社会問題をテーマにした料理を出してくれるレストランが流行ってるって同僚が言ってたような」

「アムスっぽい。いいね、今度そこ行こうよ。Rumbleとかで、こっちの知り合いは増えたんだけど、友だちが偏ってるんだよ、俺。色々教えてね」

黒塗りのエレベーターを二人で降りながら、港くんはどこかサクラに似ていることに気が付いた。こっちの意図を汲《く》みながら、自分でどんどん話をリードしてくれる。だけど全く偉ぶることはないし、相手に緊張感も与えない。だから僕自身も構えずに話すことができる。

ホテルのロビーを出ると、雪はもう止んでいるようだった。午後6時だというのに、すっかりと日は落ちて、街は暗闇に包まれている。気温はまだ氷点下だろうが、昨日よりはだいぶマシだ。雪が凍りかかったアイスバーンの道を二人で歩いて行く。

「たぶんアルバートハインが一番有名なスーパーです。品質もそこそこで、日曜日も営業を始めたり、便利なんですよね。ただクレジットカードを受け付けてなくて、現金かバンクカードで払わないといけないのは旅行者には不便かも。本当はマルクトっていうオーガニックスーパーが一番品物はいいんですけど、ここからじゃちょっと歩く距離ですね。ユンボはベジタリアン向けの食材が多くて、ディルクは安い分、あまりよくないものも多いけど、クロワッサンだけはおいしいと思います」

話しすぎかと心配したが、港くんは大きく相槌《あいづち》を打ちながら、iPhoneでメモを取ってくれているようだった。

「ユンボってこのあたりだとどこにある?」

港くんに聞かれたのでポケットからiPhoneを出して調べようとしたら、足を滑らせて転びそうになってしまった。すぐに港くんが気が付いて、腕を摑《つか》んでくれたので、尻餅をつかずに済んだ。

小柄で痩《や》せた人なのに、思ったよりもずっと腕力があったことに驚く。

「ありがとう」と伝える前に、港くんは何事もなかったようにアムステルダムの生活情報を聞いてくる。

アルバートハインに着いてからも、僕は自分でも不安になるくらい話したと思う。日本と違ってジャガイモの種類がとにかく多いこと。ダイコンがなかなか見つからないこと。肉を買うときは賞味期限だけではなく、きちんと状態を見極めるべきこと。ムール貝のパックが使いやすくておいしいこと。日本式のカレーライスを食べたくなったら、香港スーパーストアという店に行けばいいこと。

その間もカートにどんどん食材を入れていく。僕が何となく作ろうと思っているメニューに必要な野菜や調味料を選び、港くんはシャンパンやチーズをいくつも買い込んでいく。お酒が高かったのか、515ユーロにもなった会計は、港くんが払った。猫が刺《し》繍《しゅう》されたグッチの財布にはユーロ紙幣が無造作に何十枚も入っているようだった。

ホテルの部屋に戻って、食材をスーパーの袋から出していく。メインディッシュを作る間にすぐ食べられるように、チーズにはクラッカーとトマトを盛り付けた。港くんはそれを一つだけつまむと、向こうで休んでいいというのに、僕がキッチンで料理する様子をずっと覗いている。動じないふりをして、オリーブオイルを入れた鍋を準備して、切った豚肉を炒めて、酒を降りかけて、水を加える。煮立ってきたら、火を弱めてアクを取り除き、蓋をして弱火にした。

鍋を煮込んでいる間に、ニンニクとタマネギをみじん切りにして、トマトを角切りにする。オリーブオイルを入れたフライパンに、ニンニク、タマネギを混ぜ合わせた後で、羊の挽肉を加えてよく炒める。水分がなくなってきた頃にトマトを加える。港くんにコリアンダーが大丈夫かを確かめて、二株ほど入れた。

卵を割って、ボウルで牛乳、塩、胡椒と混ぜ合わせる。それをフライパンに入れてよく熱したら、さっき作ったミンチをのせて、卵の底が焼き上がるのを待つ。その間に、鍋の蓋を開けて、洗った後に水気を切ったモヤシと、３㎝の長さに切ったニラを入れる。味噌を溶き入れたら、器に盛り付けて、さっと醤油を振る。

そしてフライパンから大皿に卵とミンチ肉を移す。豚汁と羊肉とトマトのオムレツの完成だ。小皿に盛り付けている間に、港くんはシャンパンをグラスに注いでくれた。

「あっという間に三品も作れるなんて、さすがだね」

そして港くんはお世辞だとしても過剰なくらい「おいしい」を繰り返しながら、僕の作った料理を食べてくれた。

「何でこんなおいしくオムレツ作れるの。西麻布によく行ってた居酒屋があるんだけど、そこでこの料理出して欲しかったな。最近食べたものの中でダントツでおいしい」

「そんなに風に言われたの、初めてです」

「本当？　君のまわり、味オンチばっかりなんじゃないの」

職場ではいくら料理を作ったところで、褒められるなんてことはまずないから、余計に嬉しくなる。

「ヤマトくんはなんでアムスに来たの？　料理修業？」

オムレツをナイフで切り分けながら、港くんが聞いてくる。

「そんな格好いいものじゃないです。昔、付き合ってた彼女に誘われたんです。一緒にオランダに行かないかって」

「過去形ってことは、その子とは別れちゃったの？」

「気付いたら浮気されてました。太ったオランダ人のおじさんで、どこがいいかわからないけど。僕も会ったことがあるんですが、腐った切り干し大根みたいな臭いがしました。なのに問い詰めたら、あっさり別れるって言われちゃって」

港くんが、空いてしまったグラスに、シャンパンのおかわりをついでくれる。サクラの話を、こうして会ったばかりの人に話しているのは不思議な気分だった。

「一番ショックなやつだ。俺も経験あるよ。恋人にふられたことよりも、自分より格下だと思ってたやつに寝取られるのが、一番悔しい」

「本当にそうなんですよ。正直、今でも彼女のことを恨んでるんです。いつも寝るたびに、彼女のいるこの世界ごと滅びちゃえばいいって思ってる」

僕がそう言い終わった瞬間に、港くんは口に含んでいたシャンパンを少し吹き出したかと思ったら、大声で笑い始めた。そんなにおかしいことを言っただろうか。

「ヤマトくん、俺の友だちに似てるね。そいつもよく恋人にふられては、同じこと言ってた。世界が終わればいいって。でもそいつは、世界平和を実現する方法って聞かれても、同じこと答えるの。とにかく世界が終われば、恋愛に悩まされることも、戦争が起こることもなくなる。だから隕石でも降ってきて、この世界が跡形もなく消えることを、ずっとずっと願ってるんだって。満面の笑みを浮かべて言うんだよ。怖いだろ」

その友だちも、きっと俳優なのだろう。画面の向こうの彼らが、僕と同じように恋愛に悩んだり、哲学的な話をしているのは、少し意外だった。

「ちなみにそいつが俺のこと、一番心配してくれてるの。今でも毎日のように長いＬＩＮＥをくれる。他の知り合いはすっかり疎遠になっちゃったのに。でもさ、俺、知ってるんだよね」

そう言うと、港くんはグラスに残っていたシャンパンを飲み干す。

何のことかを聞こうと思ったが、彼の言葉を待った。ｉＰｈｏｎｅをＢｌｕｅｔｏｏｔｈでつなげたスピーカーからカルヴィン・ハリスのＥＤＭが流れている。その音楽に合わせるように、雪が窓を叩く音がビートを刻む。

陽気な打ち込み音が、ホテルの部屋を満たしていく。僕は彼が何を言うのか半分予測できてしまい、悲しくなった。

「週刊誌に俺のこと売ったの、そいつなんだよ」

その写真を初めて見たときは衝撃だった。

港くんは、タオルを巻いただけの半裸で、とろんとした目をしている。それだけではスキャンダルでも何でもない。問題はテーブルと彼の指先だった。明らかに薬物の吸引に使用するための器具と、巻きたばこが写り込んでいたのだ。実際に鼻や口からドラッグを吸うシーンではなかったものの、「人気俳優・港颯真（26）違法薬物使用疑惑」と大きなキャプションの打たれた雑誌記事は衝撃的だった。

「ヤマトくんも見たでしょ、あの写真。あれを撮ったのはあいつなんだよ」

「仲、良かったんですよね」

「うん、二人とも芸能界に入った時期が一緒だったし、ドラマの撮影のときは毎日のように一緒にいたから、家族以上に仲良くなったんだよね。何度も一緒に海外旅行もしたし、クリスマスや年明けのカウントダウンも過ごした。家の合鍵も渡してたし。何でこんなことになっちゃったんだろうな」

そこまで話したところで、港くんはソファに突っ伏してしまった。眠ってしまったのか、寝たふりなのかはわからない。気付けば、二人でシャンパンボトルを二瓶も開けてしまっていた。

ベッドルームからブランケットを持ってきて、港くんに掛けてあげた。もしも自分がゲイだったら、このままキスくらいしたくなってしまうのかも知れない。それくらいきれいな顔だった。昨日、コーヘイはさぞ楽しい夜を過ごしたのだろう。食器をキッチンに備え付けられた食洗機に入れて、ホテルの部屋を後にした。

エレベーターに乗って、四角い無機質なボタンを押す。情報量が多すぎて、この数時間で起こったことをうまく整理できない。ただ、信頼していた人から裏切られることの辛さならわかる気がした。

その人を信じていた自分にも嫌気が差すし、幸せだったはずの時間までが疑わしく思えてくる。しかも港くんの友だちは、今でも彼を心配する素振りまでしてくるという。さっぱり没交渉になったサクラのことを恨んでいたが、港くんの友だちよりはマシなのかも知れない。

エレベーターはグランドフロアに着いた。すっかり人気《ひとけ》のなくなったロビーを抜けて、ホテルの外に出る。粉雪がダウンジャケットに舞い散る。

気温は氷点下を回っているはずなのに、不思議とそれほど寒く感じなかった。iPhoneを開くと、今さらコーヘイから「ソウくんに連絡先を教えたよ」という素っ気ないメッセージが入っていた。自転車を停めた橋向こうまで、凍結した道に足を滑らせないように、ゆっくりと歩き出す。

3月20日

「ヤマトくん、今日って何してる?」

起き抜けに出た電話からは、久しぶりに聞く港くんの声がした。

彼のホテルで料理を作った日から三週間ほどが経っている。あれから一切連絡が来ないものだから、自分が何かまずいことをしたのではないかと不安になっていた。スキャンダルのことを聞いてしまったのがいけなかったのか、それともビザ申請や生活に必要なことは一通り理解してしまい、僕がもう用済みになったのか。

電話番号は知っているのだから、ショートメールで僕から連絡してもよかったのだが、何となく気後れしていた。一度会っただけの人間からしつこくメッセージが来ても気味悪がられるのではないか。しかも相手は芸能人だ。何を勘違いされているのだと思われかねない。

本当は今月末まで何も連絡がなかったら、「ビザの件は大丈夫ですか。何かお手伝いすることはありますか」というメールを送ろうと思っていた。何度も頭の中で練り直した文言なので、おこがましさはないはずだ。

そんなことを昨日の夜も眠る前に考えていたから、突然の電話にはびっくりした。港くんからは、一緒にデン・ハーグまで行かないかと誘われた。彼は僕と会ってからすぐ、日本から取り寄せた書類を、デン・ハーグにある日本大使館に提出していた。今日はそれを引き取りに大使館へ行き、その足でオランダ外務省まで行って書類の認証申請をするのだという。僕が二年前にしたのと全く同じことだ。

「それだったら、早めにアムスを出たほうがいいですよ。外務省に11時半までに行けば、今日中に手続きをしてくれるんです」

リビングに出て、掛け時計を見ると時間は9時15分だった。アムステルダムからデン・ハーグまでインターシティで四十分、そこから61番のバスで十五分。時間にはまだ余裕があった。そのことを得意げに伝えたら、港くんはすでにUberを呼んでいるところだった。確かに車なら大使館まで時間のロスなく行ける。いくらオランダとはいえ芸能人相手に公共交通機関を使うことを提案した自分が途端に気まずくなった。

「今、ちょうど車に乗ったから、ヤマトくんが空いてるならピックアップしていい？住所、ショートメールで送ってくれたら、そこまで行くよ。って今日、平日か。普通、仕事だよね」

「いや、大丈夫です。料理屋だから曜日って関係ないんですよ。ちょうど暇してたんで嬉しいです」

少しだけ嘘をついた。本当は今日の夕方から店のシフトが入っている。繁忙期ではないから急に休むと言っても何の問題もないだろうが、自分がここまでミーハーだったのかと少し驚く。どうして港くんと近付きたいと思ってしまうのだろう。

だけど考えてみれば、僕もビザの手続きは全てサクラ任せだった。自分の経験を使って、偶然知り合った誰かを助けるのは何らおかしなことではない。本当はそれも言い訳だと思う。だって、有名人ではない、ただの日本人が同じように困っていたとして、僕が同じような行動を取れたかはわからないから。

港くんがまだ同じホテルに住んでいるなら、あと十分ほどでUberが到着してしまう。急いでバゲットを切り、作り置きをしておいたカリフラワーのペーストとキノコのコンフィ、スティックチキンを冷蔵庫から出す。そのままサンドウィッチにしてしまう間に、ラッセルホブスの電気ケトルに水を入れる。

いつの間にかシンクに上ってきた黒猫のアマンダが興味深そうに食材を眺めている。彼女に構っている暇なんてないから、少しだけスティックチキンをあげてしまう。しかし匂いを嗅いだだけで口にしようとはしなかった。鶏肉は好みではなかったのか。

「アマンダにご飯、あげてくれたの？　ありがとね」

シェアメイトのオーレが歯磨きをしながらキッチンに入ってきた。シンクの上で大人しくしているアマンダの頭を優しく撫でる。

「勝手にごめんね。でもチキンは好みじゃなかったみたい」

「ううん、好きなはずだよ。でもこの子、今、調子が悪いんだ。もしかしたら入院させるかも」

そう言いながらオーレはアマンダを抱き上げる。どこか悪いのかと聞こうとしたところに港くんから電話があった。もう家の前に着いたという。

アマンダのことは心配だったけれど、詳しく聞いてる時間がない。沸騰したお湯を水筒に入れ、ピクウィックのティーバッグをいくつか選びながら、遠慮がちに「それはとても残念だね」とだけ伝える。

パジャマ代わりの黒いヒートテックの上にそのままZARAで買ったスウェットを着て、シームレスダウンを羽織る。もう時間がないとわかっているけれど、鏡を見ながら寝癖がついていないかだけ確認した。時間があったら、髪型も服装ももう少し何とかしたかったけれど仕方ない。

オーレとアマンダに見送られながら急いで階段を降り玄関の扉を開けると、Sクラスの黒いベンツが停まっていた。窓を開けながら、港くんが手を振ってくれる。

「久しぶりです」

「急なのにありがとう。この前、一人でデン・ハーグ行ったら、退屈だったからさ」

車に乗り込むと、身なりの整った黒人運転手が丁寧にアクセルを踏み込む。いつも僕が使うUberXではなく、ハイヤーを頼んだのだろう。

三週間ぶりに会う港くんは、少し髪が伸びて大人っぽい顔つきになっている気がした。髪の毛は少し赤みがかり、うなじあたりで軽く結んでいる。オフホワイトのロゴが大きく描かれた黒いフーディーが似合っている。

「もらったメモ、すごい役に立った。ヤマトくん、頼りになるね」

「でも調べたら、僕のときとちょっと変わってることもあるみたいなんです。たぶん、このブログが参考になると思うんですけど」

そう言って、Safariに登録したブックマークから、「aiamsterdam」というブログを港くんに見せた。頼まれてもいないのにこんなことを調べて気持ち悪がられないか心配したが杞憂《きゆう》だったようだ。

「あれ、検索してもすぐに出てこないや。ちょっと俺のiPhoneで探してくれない？」

そう言って港くんからディオールのケースに入ったiPhoneを手渡される。ホーム画面のままだったのでＳａｆａｒｉを起動すると、どこかで見覚えのある顔が笑っている写真がアップになっていた。思わず画面を凝視してしまう。

「ごめん、俺さ、もしかしてエロ画像のページ開いたまんまだった？」

港くんが僕の持っているｉＰｈｏｎｅを覗き込んでくる。

「いや、大丈夫です。誰かのホームページでした」

大げさなくらいにしまったという顔をして、港くんは溜息を吐いた。その表情を見て、確信した。画面の中で笑う彼は、きっと港くんの友だちで、あのスキャンダルを雑誌に漏らした俳優だ。

渋谷隼《しぶやしゅん》。彼が出演する映画がまもなく公開されるらしく、トップページで大きく宣伝されている。

港くんは大きく息を吸い込み、そして大きく吐き出す。少し口元を緩めながら、眉間に皺《しわ》を寄せている。Ｕｂｅｒは１１２号線を走って行く。市街地を少し離れ、モダンなデザインのマンションやビルが木々の隙間から見えた。

せめて街中だったら、車窓から見える何かで他愛のないことを話せたのかも知れない。だけどこんな風景を見ていても、適当な話題が何も思いつかない。ちらっと横を向くと、港くんはまだ苦々しい顔をしていた。

「渋谷隼さんと港くんは付き合ってたんですか？」

どうしても気になって、ついに僕は余計なことを聞いてしまう。

「ううん。隼は、ただの友だち。キスをしたこともない。でも芸能界でたった一人、俺がカミングアウトしてた相手。ドラマで共演して仲良くなって、お互いの家に泊まり合ったりするまでの仲になっちゃったから、伝えないといけないと思ったんだ。別に俺はあいつに恋愛感情は全くなかったけど、もしもゲイだってばれたら絶対に誤解されるじゃん。本当は俺のこと狙ってたんじゃないかとか、そういう目で見てたのかって。だからすごく迷ったんだけど、二人で一緒の地方ロケがあったときに、言っちゃったんだ。徳島だったかな？」

いつの間にかUberは、すっかり街を離れていた。

オランダに特徴的な、地平線まで続く平坦な草原を進んでいく。昨日の夜、店に訪れたドイツ人は、ロードバイクでオランダ中を旅していると言っていた。この国では、全土にわたって自転車専用レーンが設置されている。オランダではきっと箱根駅伝のような競技は生まれようがないのだろう。

急に港くんが始めた話についていけなくて、ついどうでもいいことばかりを考えてしまう。そんな僕の混乱をよそに、港くんは思いのほか饒舌《じょうぜつ》だった。

「スタッフとの食事も終わって、二人で商店街の中にあったカラオケボックスに入ったの。安いハイボールたくさん飲んで、いつもみたいにたくさん歌ったら、あいつが絡んできたんだよね。酔っ払うと、すぐに抱きついてくるの。別にいつもみたいにいなしてもよかったんだけど、俺、こいつにいつまで嘘つくんだろうって思ってさ。こんなに仲良くて、こんなに一緒にいる友だちなのに、何で隠し事してるんだろうって。今から考えれば浅はかだったんだけど」

「浅はか？」

「カミングアウトって言葉、同性愛の告白って意味で使われることが多いじゃん。でも、なんでその告白だけ特別視されないといけないんだろうね。人間関係なんて秘密が溢れてるわけでしょ。秘密までいかなくても、あえて相手に伝えていないということもたくさんある。たとえば親友だったら、住所とか学歴とか食の好みくらいは知っていてもおかしくないよ。でもさ、年収とか、親の生い立ちとか、好きな体位とか、あえて話さないことも多いでしょ。なのにセクシュアリティだけは、告白したほうが素晴らしいこととされる。よく有名人がカミングアウトして称賛されてるよね。もちろん、本人が好きでそうする分にはいいよ。でも、年収や好きな体位を公表したところで絶対に同じような扱いを受けない。あのときの俺はさ、とにかくカミングアウトしないのが、悪いことだって勘違いしてたんだ」

インターシティではなくUberを選んでよかったと思った。公共交通機関を使った場合、うっかり日本人に出会ってしまうこともある。特に今、アムステルダム市内では卒業旅行に来ている大学生をちらほら見かける時期だ。気軽にマリファナと買春が楽しめて、日本からKLMの直行便があるこの国は、ちょっとした冒険に最適なのだろう。

「ねえヤマトくん、ガソリンスタンドに寄って飲み物買わない？　まだ時間の余裕ってあるよね」

水筒とサンドウィッチを持ってきたことを言うタイミングを逃してしまった。ここで伝えようと思ったが、ただ外の空気を吸いたいだけなのかも知れない。

しばらく走った先にTOTALが見えたので、併設されたカフェでサンドウィッチとコーヒーを注文する。

港くんは何も言わずに僕の分まで買ってくれた。オランダ人にしては背の低い店員がテイクアウトの準備をしている間、僕たちは何となく無言のままでいた。平日の午前ということもあり、店内に客の姿はまばらだ。そのせいで、やけにBGMのABBAが耳につく。次の言葉を促す勇気がなくて、自分が持ってきた水筒をどう処理しようかというどうでもいいことを考えていたら、港くんから話し始めてくれた。

「いや、大したことじゃないのよ。俺が、実は男が好きなんだって告白したら、あいつ、泣き出しちゃってさ。ごめんね、って」

「俺は港くんと付き合えないんだ、ごめんねって意味ですか？」

「そうかと思うじゃん。それで大慌てで訂正したら違うって。何となくそうかもって思ってたっていうんだよ。何か俺らって、わかるやつにはわかるっていうか、そういうのがあるんだよ。あいつはノンケなんだけど、俺のことをそうかもって疑ってたんだって。それを知らないふりして、俺を悩ませてごめんっていうから、本当にいいやつなんだって思ったよ。それがこんなことになるなんてね」

水っぽいアメリカーノと、奇妙な色のカフェラテを受け取って、車へと戻る。親友に裏切られるのはどんな気分なんだろうと思いながら、かけがえのない親友がいた港くんがうらやましいと思った。

僕にもコーヘイのようなそのときだけは仲良くしていた友だちはいたが、心を全て許せるような親友なんていた記憶がない。そうした存在などいらないと、はなから決めていたわけではない。中学校、高校、予備校、大学と、新しい学校に入るたびに今度こそは誰かが見つかるのではないかという期待だけはあったのに、どれ一つとしてうまくいかなかった。

動き出した車の窓は、ヨーロッパの冬空をどんどん追い越していく。淡い青空を隠すように幾重にも薄鈍色《うすにびいろ》の雲が覆い被さっている。上空の真白い雲が太陽光を反射させていたので、もうすぐ晴れ間が覗いてくるのかも知れない。

運転手がカーステレオからエド・シーランの「Galway Girl」を流したタイミングで、ばつの悪そうな顔をした港くんが話し始めた。

「いきなりこんな話されて困ってるよね。正直に言って、ちょっと心がささくれ立ってるんだよ。俺ちょっとおかしくなってる」

「彼と何かあったんですか？　いつも連絡が来てるって言ってましたよね」

「来るんだって、あいつ」

港くんの話によれば、彼は「アナザースカイ」という番組の撮影で来月、アムステルダムを訪れることになったという。海外にある第二の故郷を探すという企画で、なぜ彼がオランダを目的地に選んだのかはわからない。港くんには、ただ「行くことになったから会えない？」というメッセージだけが届いたという。

「心配するふりをして惨めな俺に会いたいのか、自分の罪悪感を癒やしたいだけなのか、本当に心配になって会いに来てくれるのかわからないけど、無神経にもほどがある。ヤマトどう思う？」

質問の内容よりも、急に港くんから呼び捨てにされたことに気付く。そういえばいつも疑問だった。呼び名はいつ、くん付けから呼び捨てやニックネームに変わるのだろう。思い出してみても、自分が呼び捨てにすることができたのはサクラくらいだ。港くんをソウと呼べる日なんて、永遠に来ない気がする。

そんなことを考えていると、港くんの問いかけに答えるタイミングを逃してしまった。それを僕が質問の答えを考えあぐねていると解釈してくれたらしく、港くんは勝手に話を進める。

「まあ会わなければいいだけの話なんだけどね。あいつが来る間、どっか旅行でも出掛けようかな」

「いいんじゃないですか。アムスからだったら、どこも近いですよ。パリもロンドンも飛行機で一時間ちょっとで行けますからね。この時期だと、暖かいバルセロナとかローマもいいかも。友だちがモロッコのマラケシュに行ってすごいよかったって言ってました。トワイライトタイムが幻想的って。トランサヴィアっていうＬＣＣが直行便を飛ばしているんですよ」

「マラケシュなら映画の撮影で行ったことあるよ。あれ、何年前だろう。謎の疫病が蔓延する世界で、感染源を探して世界中を旅するの。終盤でモロッコのシーンが出てくるんだけど、夜明けの砂漠は雰囲気あったな。もう一回行ってもいいかもな」

僕たちはそうしてデン・ハーグの日本大使館に着く前の間、どこへ旅に行こうかという話をし続けた。タリスでアントワープへ行ってドリスの服を買ってこようとか、港くんの知り合いが設計したというエストニアの博物館へ行こうとか、コペンハーゲンでルイジアナ美術館まで足を延ばそうとか、そんな他愛のない計画を話している間は、港くんも楽しそうだった。グーグルフライトやエクスペディアを組み合わせて、いつでも実現可能な旅行の予定が次々と立てられていく。

運転手が「着きました」と言う先には、高い柵に囲まれたコンクリート造りのつまらない建物が見えた。書類の受け取りなのでそれほど時間もかからないはずだ。

Uberを待たせたまま、呼び鈴を押す。守衛は日本語が話せないので、英語で要件を伝えると扉を開けてくれた。この前会ったときよりも、港くんの発音が流暢になっていた気がする。金属探知機を通り大使館の中に入り、引換証と18ユーロを窓口に出す。そのまま日本の市役所に座っていても不思議でないおじさんが、英語の戸籍謄本と独身証明書を発行してくれた。

日本大使館を出て、今度は車で五分ほどの距離にあるオランダ外務省を目指す。ガラスが多用された直線的な建物に入り、発券機から番号札を取る。時間はまだ11時前だ。

今日中に外務省のリーガリゼーションは済んでしまうだろう。他にも住民登録などすべきことはまだ多いが、あとはアムステルダムでできることばかりだ。

「思ったよりもあっさり終わりそうだね」

「とりあえず今日はここまでです。移民局での一時滞在許可書の申請は済んでないですよね」

港くんがまだだと言うので、0880430430に電話をして、アポイントメントを取ってしまう。自分のときと同じように電話が混み合っていたので、十分ほど待ってつながった相手に港くんのフルネームなど必要情報を伝える。

その間に書類のリーガリゼーションが終わって返ってきていた。二人して外務省のビルを出ると、ちょうど正午を回った頃だった。分厚い雲が東へ流れ、この時期にしては明るい日差しが街を照らしている。

「せっかくハーグまで来たんだから、このまま帰るのもったいないよね」

「観光していきます？　絵画が好きならマウリッツハイス美術館とか、エッシャー美術館とかあります。あとちょっと落ち着きたいならトラムに乗ってデルフトって街に行くとか。Uberかタクシーでもすぐです」

「マウリッツハイス美術館って、フェルメールの『真珠の耳飾りの少女』があるところでしょ。ハーグはこの前ちょっと回っちゃったから、デルフトに行ってみたいな」

デルフトという名前がすぐに出てきたのは、サクラと行ったことがあるからだった。デルフト陶器に興味があるという彼女に誘われて、レンタカーを借りて工房まで行ったことがあるのだ。当時は全く陶器に興味のなかった僕は、ただ彼女のあとを着いて行くだけだった。ただ、教会や広場の雰囲気は覚えているから、港くんの案内くらいはできるはずだ。

「Uber呼びますか?」

「せっかくだからトラムで行こうよ。何だかんだでアムスは日本人多いから、あんまり使ったことないんだよね。乗ってみたい」

港くんが楽しそうにすぐそばの駅を目指す。彼は、世間のイメージよりもずっと無邪気な人なのかも知れない。

デン・ハーグ中央駅のサービスセンターで一日券を買って、トラムの駅を目指す。グーグルマップで確認したらスプリンターのほうが早いと言われたが、港くんにとってはトラムのほうが楽しいだろう。

まるでバス停のような簡素な駅で待っていると、行き先表示に「Delft Tanthof」と書かれた一番線がやって来た。赤い3両編成の車輌は、アムステルダムのトラムよりもかわいらしく見える。

平日の昼間だったが、半数ほどの座席が埋まっていた。大きなベビーカーと共に乗るヒジャブを着用した女性、スキニーのブラックデニムを穿《は》いて長い足を組んで大きなヘッドフォンをつけたアフリカ系の若者、大きく出た腹をコートに隠した白髪の男性たちが同じ車輌に乗り合わせていた。僕たちは連結部近くの座席に腰を下ろす。

同じ色のレゴブロックで作ったような街をトラムは進んでいく。数分おきに停車する駅で、乗客が少しずつ入れ替わっていく。大きなヘッドフォンをつけた若者は官庁街で降りていった。港くんは子どものように車内をきょろきょろ見回している。電車に乗ったこと自体、久しぶりなのかも知れない。

「みんなさ、どこから来て、どこに行くんだろうね」

「駅から駅へ、じゃないんですか」

「確かにそうだけどさ。目的地があるから電車に乗るんだよね。ねえ、俺はどこへ行けばいいと思う?」

港くんは窓枠に手を当てて、興味深そうに外の景色を見ている。きっと港くんは、答えなんて求めていない気がして、僕もただ窓の外を覗いた。市街地を過ぎたトラムからは、大きな森が間近に確認できた。オランダの森は威圧感があまりない。穏やかな木漏れ日がトラムの窓に反射して、港くんの横顔に曖昧な影を落とす。

どこから来て、どこへ向かうのか。僕自身はどうだろう。この国で日本食の需要が減ることは当面なさそうだから、飲食の仕事は続けられるのだろう。だけど今以上にメグロさんと馬が合わなくなったら、店を変えることも考えないとならない。そこまでのバイタリティが僕にあるだろうか。

しかもどうせアルバイトと変わらない下働きの生活だ。こんな毎日を一生続けるのかと想像すると、途端に絶望的になる。いくら社会保障が日本に比べれば充実していると言っても、今の平均1800ユーロの月給で、誰かと結婚をして子どもを持つイメージは湧かない。

それは日本へ帰っても同じだ。むしろアジア人であることが何の特徴にもならない日本での仕事探しはもっと大変かも知れない。オランダに住み始めて三年になるが、僕は一体、この国で何を手にしたのだろう。

「ヤマトは日本で何してたの？」

「家電量販店の社員です」

正直に答えたことを一瞬後悔した。港くんに比べると、何てつまらない仕事だと思ったからだ。入りたくて入った会社ではない。出版社を第一希望としながらもことごとく書類選考で落とされ続けた。大学名を記載しないエントリーシートの企業も多かったが、何か見えない選考基準でもあったのだろうと疑っている。

結局、通年採用をしていた家電量販店に潜り込むしかなかった。世間でこれだけブラック企業問題が騒がれた後も、残業は月百時間を越えていたが、みなし残業制のため、手取りは月22万円に過ぎなかった。

そして何よりも耐えられなかったのは、同僚との品性に欠ける会話だ。休憩時間の間中、頭の悪そうな顔をした同僚は、数少ない女性社員に対する猥褻《わいせつ》な妄想、風俗店でのくだらない武勇伝を話し続ける。僕は適当に話を合わせながらも、彼らと自分が全く同じ社会階層に位置することが無性に苛立《いらだ》たしかった。

「じゃあ、電化製品のこと詳しいんだ？　今度、パソコンの設定お願いしていい？」

「もちろんそれくらいなら喜んでしますよ」

「まじ助かる。ｉＰｈｏｎｅのバックアップとか機種変とかもできる？」

「簡単です」

「ちょっと。そんな大事なこと、もっと早く教えてよ」

家電量販店に勤めていたことがこんなに喜ばれたのは初めてだった。港くんの話では、芸能界にはテクノロジーに弱い人が多く、ただスマートフォンを使えるだけの人が

「iPhone芸人」としてもてはやされていたのだという。

機種変更のときにLINEのトーク履歴を引き継いだり、家にWi-Fi用のルーターを設置したり、Netflixと契約したり、誰でも当たり前にできると思っていたことが、どうやらそうではないらしい。

「ずっと一緒の番組に出てた司会者なんてスマホも使えなかった。電話とメールをするくらい。多分、寂しがり屋のくせになかなか、心を開いてくれなくてさ。でも、あの人だけはテレビでも俺のこと、最後まで守ってくれたんだよね」

その人が誰なのかを聞こうとしたとき、港くんが突然、車内の降車ボタンを押した。

「ここで降りよう。超きれいじゃない？」

トラムがちょうど、デルフト駅の一つ前の駅を出発しようとしていたときだった。急いでトラムから降りると、すぐに運河沿いに広がる整然とした街並みが目に飛び込んできた。どの家も統一感はあるのにカラフルで、まるで人形の国に迷い込んだようだ。

観光客の数も少なくて、アムステルダムのような雑多さは全くない。すっかり慣れてしまったマリファナの匂いも一切しなかった。広葉樹が等間隔に植えられ、それを冬とは明らかに違う確かな太陽光線が輝かせている。

「腹すかない？　どっかの店入ろうか」

「それでもいいんですけど、一応サンドウィッチは持ってきてます」

恩着せがましいことをしていないか不安になりながら、遠慮がちに伝えた。だけど杞《き》憂《ゆう》だったようだ。

「まじ？　早く言ってよ」

港くんは大げさなくらい喜んでくれた。今度はきちんと伝えてよかったと思った。下手をしたら、家まで持って帰って夜食になるところだった。「せっかくだから、景色のいい場所を探そう」という港くんに付いて、旧市街を目指す。

彼にとっては初めて来る街のはずなのに、なぜか目的地を知っているかのように迷わず歩いて行く。二ブロックほど進んだところに、運河に面したベンチを見つけたので二人で腰掛ける。トートバッグの中からサンドウィッチを出して港くんに渡す。気温はまだ10度に届いていないだろうが、コートを着たままなのでそれほど寒くない。

「君、できる子だね。さっきガソリンスタンドで買ったパンよりよっぽどおいしいや」

「そんなこと言ってくれるの、港くんだけですよ。付き合ってた彼女からは、いつも気が利かないとか鈍臭《どんくさ》いって、怒られてばっかりだったから。私がいつも決めてばっかりじゃない、って」

「へえ、サクラちゃんだっけ。そうやって彼氏に文句を言いたい子だったんじゃないの。愛情表現は人それぞれだから」

港くんがサンドウィッチを頬張りながら、僕のほうを向く。僕は「わからないです」と首を振った。サクラとの間に何かの誤解があったのはその通りかも知れない。だけど最後に裏切ったのは彼女に他ならない。

「俺も、一度だけ女の子と付き合ったことがあるんだけどさ。中三のとき。隣の席になったのがきっかけですごく仲良くなったの。二人とも帰宅部だったから、下校はいつも一緒だったし、週末にはよく映画館に行った。周りからは付き合ってるんでしょって冷やかされてたけど、俺にはその気なんてなかったから、笑っていられたんだけど、彼女は違ったんだよね。それでいつもみたいに学校の帰り道に、真面目な顔して告白されたの。今から思えば恋愛感情は全くなかったって断言できるんだけど、当時は大した経験もないでしょ。だからまず付き合ってみようと思ってさ。手探りでキスして、手探りでセックスをしたんだけど、俺はずっと何か違うってわかってた。結局、彼女にも伝わっちゃったのかな。卒業して、バラバラの高校に行くタイミングで別れた」

水筒から紅茶を注ぐ。予備のカップを忘れてきてしまったため、二人で回し飲みをした。学生時代にした男同士のそれと全く変わりがないはずなのに、飲み口に触れるとき、一瞬だけ緊張してしまった。

「話はここからなんだよ。高三のとき、デビューする直前かな。レッスンに通う電車の中で偶然彼女に会ってさ。いかにも体育会系みたいなマッチョの彼氏を連れてたの。そのときには俺も自分のセクシュアリティのこと、完全に気付いてた。なのに、その子の彼氏に嫉妬しちゃったんだよね。それで俺、自分勝手だけどすごく安心したの。よかった、嫉妬するくらいには、彼女のことを好きだったたって。だから、ヤマトも元カノのことも、自分のことも許せる日が来ると思うよ。事実は変わらなくても、解釈でいくらでも事実を上塗りしていくことはできるはずだからさ。過去はね、変えられるはずなんだよ。もしかしたら、未来よりもずっと簡単に」

途中から港くんは、自分自身に言い聞かせるような口調になっていた。彼が裏切られたと信じている俳優の友人との間に起こった事件。芸能界を離れなくてはならなかった一連の顛末《てんまつ》。都合のいい解釈が早く見つかればいいと思った。僕にもサクラに対する怒りが消える日は来るのだろうか。

「その電車の中では、彼女に話しかけたんですか？」

「俺も若かったんだよね。何を考えたか、二人に歩み寄っていって、そのとき好きだった男の写真を見せて、今の彼氏なんだって言ってやった。俺なりの幕引きのつもりだったんだろうけど、彼女は笑いながら『よかったね。おめでとう』って。それ以来、たまにメールのやり取りをしてるよ」

二人ともサンドウィッチを食べ終わってしまったが、何となく動き出さずにベンチに座ったままでいる。運河には小さな蓮の葉がぎっしり浮かんでいて、水面がほとんど見えない。夏になれば花もきれいに咲き乱れるのだろう。

「知ってる？　蓮の葉って浮力がすごいから人間が乗っても沈まないんだよ」

怪訝《けげん》な表情で港くんのほうを見ると、思いのほか真面目な顔をしていた。

「モネの睡蓮《すいれん》って絵があるでしょ。あれも決して沈まない人間の歴史を表現しているらしいよ。オルセーに行くと一時間以上観ちゃうくらい好きなんだよ、あれ」

港くんの意図を図りかねて、「本当ですか」と笑いながら足を一歩運河のほうへ踏み出してみる。地面から水面までは20センチ程度しかない。

恐る恐る右足のスニーカーの先端で蓮の葉をつついてみる。すると想像した以上に確かな感触があった。港くんが言った通り、蓮の上は歩けるものかも知れない。こんなに彼が大真面目に断言するのだから、試してみよう。

思い切って右足を蓮の上にのせたのと、僕の左手を港くんが摑んでくれたのは、ほぼ同じタイミングだった。

沈んでいく右足のスニーカーには、じっとりと水が入り込んでくる。春といってもまだひやりとする冷たさだ。だけど港くんが左手だけではなく、上半身も抱き留めてくれたから、何とか僕はそれ以上沈まないんで済んだ。

「ごめん、まさか信じるとは思わなかった」

港くんに抱かれた姿勢のまま、僕は地面に座り込んでしまう。ようやく状況が飲み込めた僕は、何度も瞬きをする。

「嘘だったんですか」

そう言うと港くんは楽しそうに笑い出した。いつもは他人に無関心なオランダの人々も僕らを覗き込んでくる。男二人が運河沿いに抱き合ったまま座っている。しかも一人の右足は濡れている。確かに滑稽《こっけい》な光景だろう。

「まさかそんな理由のない嘘をつかれるとは思わなかった」

港くんは何がそんなに面白いのかというくらいずっと大笑いをしている。だけどあまりにも無邪気に笑うものだから、馬鹿にされているとは思わなかった。彼はまだ僕を抱きしめてくれている。

港くんのミカンと桃の香りに、あの事故のようなキスを思い出してしまう。唇の感触までよみがえりそうになって、必死に別のことを考えようとする。

すると今度は港くんの体温が、服を通じてじわじわと伝わってきているのに気付いてしまう。濡れた足先が冷たくて、余計にそう感じたのかも知れない。緊張のせいか、心臓の鼓動が速くなってしまいそうだ。

何だかばつが悪くなって、僕は一人で立ち上がる。

「俺、オランダに来てこんなに笑ったの初めてかも。濡れたの右足だけ？　怪我してない？　本当にごめんね」

後から立ち上がった港くんは、今度はしゃがんで僕の足元を心配してくれる。もちろんにやにやしたままだ。靴下までびっしょり濡れているのがわかった。一体何がそんなに面白いのかはさっぱりわからなかったが、つられて僕も笑ってしまう。通りすがりの黒人が僕らのことを「ニンジャ」と笑った。確かに蓮の上を歩けるのは忍者くらいかも知れない。まず右足を出し、左足で踏ん張る前に右足を出す。そうすれば空中でも水上でもどんな場所でも歩けると、子どもの頃に読んだ本に書いてあった。

グーグルマップで検索した近くのディンマーというアパレルショップに向かうことになった。歩いているうちに服は乾き始めていたので、着替えは必要ないと言ったが、港くんは真剣に服を選んでくれる。大した種類の服はなかったが、デニムと靴下、靴を買ってくれた。僕は試着室で着替えて、濡れた服を袋に入れてもらう。

僕には大きすぎるサイズのデニムだったが、港くんは僕を見て「オーバーサイズが流行しているから大丈夫じゃない」と笑った。自分では似合っているかどうか全くわからなかったが、港くんが言うからそうなのだろう。

長身の店員がしきりに「何があったの」と聞いてくるので、「ちょっとした誤解があったんだよ」と返事をする。

3月27日

「ヤマト、そんな風にドレスアップしてデートでも行くの?」

従業員用ロッカールームで着替えていたら、同僚のカンが唇をほころばせながら話しかけてきた。「友だちとレストランに行くだけだよ」と答えたが、少しお洒落をして襟付きのシャツとジャケットを着てきたのは本当だった。

今日はこの後、港くんと一緒にアンソルヴドというレストランに行くことになっている。デルフトで嘘をついたお詫びに何かをおごりたいと連絡をもらっていたのだ。断ろうかとも迷ったけれど、好奇心には勝てなかった。いくら高くてもいいと言われたので、港くんも興味を持ってくれた社会問題を料理に見立てた創作レストランを予約することにした。

「道路が混んでるから十分くらい遅れちゃうかも」

職場を出て、ダム広場の近くを歩いていると港くんからLINEが入っていた。僕たちはデルフトに行った日から、連絡を取り合う頻度が増えた。多いのはビザや不動産といった事務手続きに関することだが、いきなり動画やニュースのリンクが送られてきて、意見を求められたりする。

僕が文学部出身だと伝えてからは、Netflixで公開されたポン・ジュノの新しい映画はどうだったとか、何か読むべき小説はあるかだとか、そんなことを聞かれる機会も増えた。

日本にいたら知り合う機会さえなかった人とLINEを送り合うのは不思議な気分だった。もしも僕に友だちや恋人がいたら嬉しくて自慢して回っていたかも知れない。「問題ないです。先にお店に行ってますね」という返信もすぐに既読になる。そんなやり取りをしながら、僕自身が、やたらそわそわしているのがわかった。

王立劇場にほど近い運河沿いにレストランはあった。まるで銀行のような荘厳な建物の一角に、うっかりしたら見落としそうな小さな看板が出ている。入口に近付くと、黒いスーツを着た紳士が恭《うやうや》しく扉を開けてくれる。

カジュアルな街なので、ジャケットはやりすぎかと思ったけれど、きちんとした服を着てきてよかった。広い店内にはすでに二、三組が食事を楽しんでいるようだった。

通された2階の個室では、伸びた西日が窓を金色に染めていた。運河の対岸でも、細長いレンガ造りの建物たちが、夕日の光線を受けて、ささやかに輝いている。空には東西に飛行機雲が延びていた。光の筋がグラデーションのように重なり、スカイラインに近付くにつれてその色が濃くなっていく。

真冬の荒《すさ》んだ気持ちが嘘のように、自分の心境が穏やかなことに驚く。相変わらず給料は安いし、狭い物置での生活は何も変わっていないのに、現金なものだと思う。

「ごめんね、お待たせ」

港くんはブラックスーツで現れた。カジュアルな服で来ると思ったのに、きちんとネクタイまでしている。髪はオールバックでセットされ、頬が少し痩せてより精悍《せいかん》な顔立ちになっているような気がした。僕と目が合うと少し気恥ずかしそうに、自分から服の説明を始めた。

「アムスって、みんなラフじゃん。しかも俺は仕事もしてないからさ。だから、たまにはばしっとスーツでも着てみようと思ったんだよ。じゃないと、どんどん緊張感がなくなっていくっていうか。変かな」

「格好いいです。とっても」

本音だった。ウール生地で上質に仕立てられたジャケットは、港くんの身体にぴったり合っている。白いシャツはよく見ると蜂や蛇などの小さなアイコンが刺繍されていたり、ナロータイはポップな唇のマークがアクセントになっていたり、僕が仕事で着ていたような上下1万9000円で買えるペラペラなスーツとはまるで違う。

「僕、スーツって嫌いだったんです。電器屋だから普段は制服だったんだけど、研修会とかで着るだけでもとにかく窮屈だと思ってました。長い靴下に革靴ってのが最後まで慣れなくて。でも、港くんのスーツは格好いいです」

男が男の服を褒めるのは普通のことのはずなのに、少し気まずくなる。僕は未だに港くんに対して、おかしな気遣いがあるらしい。

「ヤマトが嫌だったのって制服みたいなスーツでしょ。それは俺も嫌だよ。特に苦手だったのが、仕事着だからという理由だけでスーツを着てたやつら。着丈もサイズ感も合ってないし、シャツとかネクタイとか靴下の選び方も適当。何にも疑うことなくルールを受け入れているって、要は何にも考えてないってことでしょ。そんな無能どもが、クリエイティブとされる業界にもたくさんいた」

港くんはソムリエと相談しながらシャンパンを頼んでくれた。いつの間にか英語が流暢になっているようだ。アムステルダムは英語さえできれば、暮らしていくのにまず困らない。そのうち僕の役割もなくなるのかと思うと、少し悲しかった。

「La Closerie」という文字が印字された細くて黒いボトルが用意される。二人で乾杯をして口につけると、酸味のある味が口に飛び込んでくる。

「俺、加糖してるシャンパンってあんまり好きじゃないんだよね」

大きなメゾンで作られている有名なシャンパンのほとんどは砂糖が足されているのだという。自分の知識を押し付けがましくなく披露してくれる港くんの話を聞きながら、いつもやたらもったいぶって蘊蓄《うんちく》を披露していた元上司のことを思い出していた。

サクラに誘われずに、あの電器屋生活を続けていたら僕は今頃何をしていたんだろう。アムステルダムの冬に凍えることもなければ、恋人を太ったオランダ人に奪われることもなかっただろうが、その生活が今よりも幸せだったかどうかと言われれば疑問だ。もちろん、こうして芸能人とご飯を食べることもなかっただろうから。

「どう？　口に合う？」

「おいしいです。やっぱり芸能人って、毎晩シャンパンばっかり飲んでるんですか」

考えごとをしていたせいで、また馬鹿なことを聞いてしまった。頭の中にあった「芸能人」という言葉を出してしまったのもしまったと思う。今の港くんがその言葉をどう受け止めたのかわからない。

「何、そのイメージ。そんなの芸能人によるに決まってるじゃん。でも俺みたいな俳優は本当に地味だよ。撮影に入っちゃえばロケ弁ばっかりってことも多いし、山奥で長期ロケだとどこにも行けないし。もちろん撮休の期間はいいレストランにも行くけどさ」

そういえば一度、設営の仕事の応援で、代々木第一体育館で開催されていた東京ガールズコレクションの舞台裏に入ったことがある。

真っ白くて強い光で照らされたステージと違い、そこはベニヤ板やガムテープに溢れた工事現場のような場所だった。ステージの表と裏でこんなにも見える景色が違うのだと驚いた覚えがある。

「俺らは起業家ほど派手じゃないよ。持っている資産は何桁も違う。俺の仲良かったゲーム会社の社長なんて、香港で仕事があるのに金沢で寿司が食べたいからって、わざわざ1000万円かけて飛行機をチャーターしてたな。そんな人たちと一緒に、俺も色んなところに連れて行ってもらったけど」

人気俳優や女優がドラマに主演すれば一話で100万前後、CM一本の契約で年間数千万円。誰もが知るトップアイドルの全盛期で、CM一本が8000万円だったという。僕からすればとんでもない金額だが、成功した起業家が手にするお金にはまるで及ばないのだという。

一皿目に運ばれてきたのは、半透明のジェルに包まれた野菜スティックだった。プラスチックゴミの不法な海洋投棄を表現しているらしい。その後の料理も、店員によるやたら丁寧な説明が続いた。

二皿目は、ホタテ貝のムースだった。丸い皿にはキャビアとトンブリが不均衡に置かれていて、それが世界の貧富の差の象徴なのだという。

「要はどんな料理でも、強引に社会問題に結びつけられるってことだよな。普通においしいんだけどさ、インテリってこういう能書きが好きだよね。きっと自分の直感だけで判断するのが怖くて、何でもいいから理屈が欲しいんだろうけどさ。馬鹿みたい」

そう言いながら港くんは、上手にホタテを切り分ける。それに合わせて僕もホタテの上にキャビアをのせて口に運ぶ。

「付き合い立てのカップルにはいいんじゃないですか。キャビアとトンブリ、どっちが好きかって話題だけでも」

「確かにそうだね。ヤマトはどっちが好き？　いや、別に俺たち、付き合い立てってわけじゃないけどさ」

酸味の強いキャビアが口の中で弾ける。

「味はキャビアのほうが好きですけど、トンブリの食感も嫌いじゃないです」

港くんが納得したように笑う。

「よく『仕事と私、どっちが大事なの』みたいな二者択一を迫る人いるよね。あれって、そもそもその質問が間違ってると思うんだよね。そんなのどっちも大事に決まってるじゃん。違和感なく選択肢に上がる時点で両者はほとんど同じ価値なんだよ。そんな風に反論して、よく彼氏に怒られたな」

「港くんは今、誰か彼氏はいるんですか？」

別にありふれた質問のはずなのに、質問しながらなぜか語尾が少し震えた。それに自分でも戸惑う。

「遊ぶ相手はいるけど、決まった相手はいないよ。俺って別に恋愛体質じゃないから」

潔い答えだと思った。確かに見ず知らずの人物とアプリで出会ってそのままセックスというのは恋愛とは呼ばない。そうやって性欲を満たしていたら恋愛が煩《わずら》わしく思えてきてもおかしくない。

運ばれてきたシーバスのポワレにはアスパラとアサリ、そして一口サイズの牛肉が添えられていた。続く肉料理は、メインのステーキの隣に、魚の肉団子と林檎《りんご》のフライが置かれ、赤いピーマンのソースが網目のように張り巡らされていた。本来は出会えなかった人々を結びつけるネットワーク社会のメタファーだという。

「ねえ、ヤマト、俺たちもっと会おうよ」

港くんが僕を真っ直ぐに見て微笑んでくる。口説かれたわけではなく、ただ友だちとして仲良くなろうという誘いのはずなのに、少しだけ心拍数が上がった気がした。感情の揺らぎでドキドキしていることが気恥ずかしくて、ごまかすように肉料理と共に運ばれてきた赤ワインを飲み干してしまう。あらためて港くんの顔を見る。もうすっかり見慣れたはずなのに、その顔の端正さに驚かされる。

「実はさ、俺のことをオランダに呼んでくれた起業家とうまくいってないんだよね。向こうもこんなに俺が長くいるとは思ってなかったみたいだし、彼のビジネスに協力するつもりもない。利害が合わなくなってきたんだよ。一緒に新しい仮想通貨の開発会社に投資しないかって言われたんだけど、いかにも怪しいでしょ」

港くんは一月末にヨーロッパに来たと言っていたが、アムステルダムを訪れたのは芸能界時代に知り合った起業家と面識があったからだという。起業家といっても投資や情報商材の販売で財を成した人物らしく、名前を言われても誰のことかはわからなかった。初めは頼る人もいなくてその起業家に世話をしてもらっていたが、今は距離を取りたくなっているという。

「でも港くん、友だちも多いはずですよね」

「ヤマトは信頼できると思ったから。嘘をつかないのに、NOも言わないでしょ。そんな奴、実はなかなかいないと思うよ。そういうところがサクラちゃんも好きだったんじゃないの」

サクラとは冴《さ》えない居酒屋の合コンで知り合った。初対面で僕は何とも思わなかったが、彼女から何度も連絡をくれて付き合うようになった。後から知ったのは、彼氏と別れたばかりで、誰でもいいから時間を埋めてくれる都合のいい男を欲しがっていたということだ。

確かに僕はあまり拒絶ができない。強く誘われたら断らないし、何かを頼まれたら必死で策くらい探す。言い換えれば都合のいい男だ。だけどそのおかげで、港くんからの信頼を得たのなら、悪い気はしない。

デザートは、チョコレートケーキに、金平糖のような砂糖がちりばめられていた。黒い皿に盛られていて、全体で宇宙と星を表しているらしい。「楽しんで！」と言って、ウェイターは部屋を出て行く。

「闇が深いときって、どんな小さな光でも輝いて見えますよね。それっていいことなのかな。それとも悪いことなのかな。大したことない光を、過剰にありがたがっちゃうのって、どうなんでしょうね」

「でも光は光でしょ。これまで通り過ぎてきた光に気付けるなら、それは嬉しいことなんじゃないかな。眩《まぶ》しくて目立つからって、それがいい光とは限らないよ」

フォークでケーキを突きながら港くんがつぶやく。

「俺らがいた世界って、一見すると眩しいの。普通に生きてたんじゃできない経験もたくさんしてると思うよ。たまたま参加したパーティーに来ていたメンツが紅白以上に豪華だったりとか、撮影でサントリーニ島とかサハラ砂漠に行けたり、楽しいことも多かった。でも同じくらい嫌なこともあったからさ。常に人目を気にしなきゃいけないのが嫌だったな。たまたま目に留まったカフェにも自由に入れないし。特に隼と一緒のときなんて、あいつ身長が高いから、すぐ見つかって騒ぎになっちゃう。だから、この国は居心地がいい。路面電車なんて東京じゃまず乗れなかったし」

「そもそも東京でも路面電車は一路線しか走ってないから、僕も乗ったことないんですけどね」

港くんが「そうなんだ」と笑ったタイミングで、ウェイターが紅茶を持ってきた。お茶を飲み干したときに、ティーカップの底に見えるものがこのレストランからの最後のメッセージだと言う。「最後までいけ好かない店だな」と苦笑いしながら、港くんはウェイターに黒いクレジットカードを渡してチェックをお願いする。

窓の外はもうすっかりと街が夜の光に包まれていた。雲の向こうの月と、レンガ造りの建物からこぼれ落ちる光たちが、眠らない街を照らしている。

「そういえば紅茶の底に何て書いてあった？」

「"Too far east is west"ってありました。港くんは？」

「何かおみくじみたいだね。俺のは"It's no use crying over split milk"って。『東に行きすぎると西に行っちゃう』と『覆水盆に返らず』か。要は、くよくよするなってことかな」

東京で、サクラ以外の誰かと二人でご飯を食べたことなんて何度あっただろう。会話が途切れてしまうことが怖くて、少人数の外食は苦手だった。

サクラは一方的に話し続けるタイプの人間だったから沈黙を気にする必要はなかったけれど、たまに僕が話を聞き流してしまうと烈火のごとく怒られた。それなのに僕から何かを問いかけたり、反論めいた言葉を伝えると、すぐに不機嫌になってしまう。

それに比べると、港くんとの時間はとても楽だ。アムステルダムの移住にまつわる共通の話題があるというのも大きかったが、彼はいつも嬉しそうに僕の話を聞いてくれたし、どんな言葉を投げても絶対に嫌な顔をせずにきちんと返してくれた。

会計を済ませて店を出る。もちろん港くんは僕に1ユーロだって払わせてくれなかった。街灯に照らされた明るい夜道を運河沿いに歩く。川沿いに座り込んだカップルからはマリファナの匂いがする。

「おいしかったけど、ヤマトが作ってくれたオムレツのほうが好きだな」

「お世辞でも嬉しいです。そういえば、家、決まったんですよね」

「うん、助かった。連絡先つないでくれた不動産屋さんが、いい家を見つけてくれた。ちょうど引っ越しも済んだところ。って、ほとんど荷物なんてないから一瞬だったけど。ヤマトがいてよかった」

「家、見に行ってもいいですか」

そう僕が聞いた後、港くんが一瞬困惑の表情を浮かべたのが見えた。しまったと思う。十秒前に戻って、今の質問を取り消したくなった。

確かに港くんは、もっと会おうと言ってくれたが、それは便利な友人の一人という程度の意味だったのだろう。ずかずかと家に踏み込んでまでいい関係ではなかったのだ。

高校生の頃、クラスメイトが原宿で買い物をするというので、一緒に行っていいかと聞いて、やんわりと断られたことを思い出した。彼にとっての僕は教室内では丁度いい話し相手だったけれど、一緒になって都会へと繰り出したい仲ではなかったのだ。

どうやって言葉を取り消そうかと考えている間に、港くんは「もちろん。友だちもいるけどいいよね」と言ってくれた。

「迷惑じゃないですか？」

港くんの顔からすっかり困惑の表情は消えていたのをいいことに、断りにくい言い方をしてしまう。本当なら「やめておきます」と遠慮すべきところだった。

だけど彼は優しい。

「もちろん迷惑じゃないけど、幻滅されちゃうかも」

溜息《ためいき》を吐くように港くんが言った。今日の夜中、港くんの家ではハウスウォーミングを兼ねたパーティーが開かれるのだという。そうは言わなかったが、ドラッグを楽しむ友人たちも呼んでいるのだろう。

「やっぱり僕、帰ります」という言葉が、本当に喉元まで出かかった。だけどシャンパンの酔いが少しだけ残っていたせいか、今夜も好奇心が勝ってしまった。

初めて港くんに会った夜のことを思い出す。わずか一ヶ月前のことだが、あの時の好奇心は間違いなく僕のアムステルダム生活を楽しくしてくれた。だから多少は港くんが戸惑っていても、今日は彼の好意に甘えてみようと思ったのだ。

そしてもう少しだけ、彼と一緒にいたかった。せっかく楽しい食事をした後で、このまま別れてしまうのは何だか寂しい。

僕たちは歩幅を合わせるように夜道を歩いた。対岸のカナルハウスが運河に反射していて、まるでもう一つの世界が水中に続いているようにも見える。四角い窓からこぼれるクロムイエローの光の先には、楽しそうな人々の日常が覗いていた。

港くんは運河沿いに建った7階建てのマンションに引っ越した。家賃は８５００ユーロもする。ヨーロッパに多い古い建築物の改装ではなく、ガラスが多用された新しい円柱型のビルだ。制服姿のコンシェルジュの立つフロントを抜けて最上階の部屋へ向かう。エレベーターの中で港くんは、何かを思案する表情を見せたかと思ったら、僕に笑いかけてきたり、何だか落ち着きがないように見える。

黒くて大きな玄関のドアを開けると、すぐにマリファナ特有の甘ったるい香りが鼻に飛び込んでくる。予想はしていたが、やはりドラッグパーティーなのだ。噂には何度も聞いていたけれど、自分が参加するのは初めてだった。

緊張を悟られないように、できるだけ冷静に部屋を見渡す。30畳以上あるだろうリビングでは、十人近くの男女がお酒を飲んだり、ドラッグを楽しんだりしていた。薄暗い照明の中で、大音量でフェデ・ル・グランドの「Cinematic」が鳴り響く。

港くんが帰ってきたことに気付いた友人たちが、彼の周りに集まる。

「ソウ、引っ越しおめでとう。ハウスウォーミングに招いてくれてありがとう。アムステルダムにしばらく住むってことでしょ」

金髪を短く刈り上げた女の子が港くんと僕にシャンパングラスを渡してくれる。地下鉄のポスターに写っているファッションモデルのように、全身が信じられないくらい痩せていた。彼女は右手を港くんの背中に回す。

「うん、居心地がいいからね。君たちもいるしさ」

さっきのレストランとは違って、僕たちは大げさな音を立てて乾杯する。だけどグラスを口にしようとしたら「アルコールが先だと気持ち悪くなっちゃうかもね」と言って女の子が止めに入る。

彼女は部屋の中央に置かれたテーブルに視線を送った。そこでは、白い粉を楕円形に撒《ま》いて、鼻から吸っている数人の姿が見えた。誰もがモデルのように痩せていてスタイルがいい。見るからに一般人というのは僕だけじゃないのか。

「何でもあるよ。ウィード、ハシシ、コカイン、エクスタシー、あとはお好みならスマートドラッグも」

痩せた女の子はスーパーで試食を勧める店員みたいにドラッグを見せてくれる。オランダでもコカインのようなハードドラッグは禁止という建前になっているが、それほど入手は難しくない。僕のフラットメイトの部屋にも、まるで置き薬を補給するように定期的に薬物商人が訪ねてくる。アムステルダムでは、生活排水からでさえ多量のエクスタシーとコカインが検出されるという。

僕が彼女から透明な袋を受け取ろうとしたときだ。

「彼はドラッグとかしないから」

港くんがその袋を取り上げてしまう。「ヤマトは向こうに行ってろ」と小声でつぶやき、僕を彼女から引き離そうとする。だけど僕も食い下がる。

「さすがに僕だってドラッグくらい何回かありますよ」

嘘だった。正直、好奇心に駆られたことは何度もある。特にサクラと別れたばかりの頃は、いっそ手当たり次第にドラッグに手を出そうとさえ思った。一瞬でいいから、次々と自分の心から染みだしてくる辛気臭い悪意を忘れてしまいたかったのだ。

だけど薬物で身を崩した人も知っているし、サクラごときのためにそんなリスクを犯したくなかった。要は勇気がなかっただけなのだけれど、今日はそんなことよりも港くんの友だちと仲良くなりたい気分だった。

僕はひったくるようにして、女の子から紙で包まれた葉巻状のマリファナを受け取る。街中でも買えるし、一番危険が少ないはずだから何も特別なものではない。だけどなぜか手が震えてしまう。緊張する必要なんてないはずなのに。港くんは心配そうな顔で僕を見ている。

「無理しなくていいよ。そもそも俺ら、ちょっと飲んで来ちゃったじゃん」

また彼は助け船を出してくれる。僕の怯《おび》えがばれてしまったのだろうか。

確かにアルコールを摂取した後のドラッグはバッドトリップを起こしやすいと聞いたことがある。ただでさえ初めてのマリファナなのだ。せっかく港くんが言い訳を用意してくれたのだから、このまま痩せた彼女に葉巻ごと返せばいい。

だけどそれだと、港くんと僕は永遠に同じ世界の住人にはなれない気がした。彼は、日本にいた頃からきっとこんなパーティーを繰り返していたのだろう。スタイルのいい美男美女と共に非合法の薬物に身を埋《うず》める。そうすることでしか分かち合えない絆と癒やせない傷があったのだろう。

今日はせっかく部屋まで来たのだ。彼のいる世界に近付きたい。このままでは、EDMが鳴り響き、ハイテンションの人々が行き交う空間で、僕だけが一人ぼっちになってしまう。

女の子に火をもらった。相変わらず指先は震えてしまったけれど、この暗い部屋では炎の揺らぎと見分けがつかないだろう。

一度、深く息を吐き出してマリファナをくわえるけれど、怖くてすぐには吸い込めない。やっぱりこんな場所に来るべきじゃなかったのか。だけどもう遅い。ただのマリファナにこんな躊躇《ためら》うなんて。この街では、十代が当たり前に吸って、大人になる頃には卒業している人も珍しくもないソフトドラッグなのに。

思い切って、吸い込む。目を瞑りながら港くんの顔を思い浮かべた。だけど普段からタバコも吸わないせいか、思わずむせてしまう。恥ずかしくて仕方がないけれど、港くんは少し困ったような顔をして笑っている。これが僕にとっての初めてマリファナだってばれないといいけれど。

すぐに効果は出ない。見よう見まねで、何度か深く煙を吸い込む。心配そうな港くんの後ろから身を乗り出して、僕に話しかけてくる人がいた。細身で髪の長い中東系の男だ。やたら陽気な彼は僕をソファへと呼びよせる。

僕がソファに座ったのを見届けて、港くんは友だちのほうへ向かっていった。

少しだけほっとする。初めてのマリファナに戸惑っている姿をこれ以上見られたくなかったから。だって、きっとここにいる僕以外の全員にとっては、ただのマリファナなのだから。

アゼルと名乗る男は、まるで旧知の友人のように僕に話しかけてくれる。出身はどこなの。どうしてアムステルダムに来たの。何の仕事をしているの。この街に来てから、もう何十回も見知らぬ誰かと交わし合った言葉だから、少しくらい酔っていても自然と答えることができる。日本からだよ。東京。行ったことはある？　そうだね、もちろん京都もいいけど、もしも時間があるなら春の弘前城がおすすめだよ。

遠くに見える港くんは、次々に友人たちとハイタッチや乾杯をしてお酒を飲んでいく。シャンパンやワインだけではなく途中からはテキーラも出てきた。ショットグラスが何度も酌み交わされる。

僕の知らない港くんだと思った。むしろ、あの姿が本来の港くんに近いのだろう。芸能界という華やかな世界にいて、誰とでも仲良くなれる社交性を持つ彼は、こんな風に派手な場所がよく似合っている。

今さら気付いたけれど、きっちりしたスーツを着込んだのも、このパーティーのためだったのだ。何だ。ちょっと寂しくなる。

マリファナが効いてきたのか、さっきよりもしっかりと音楽が身体の中で響き始める。激しいのに、なぜか哀しいピアノが、心臓のすぐそばを跳ねていく。アフロジャックの「Ten Feet Tall」。サクラを寝取った男が借金を抱えていたこと。クリスマスの夜に一人でクロケットを食べたこと。寂しくなんてないはずなのに自然と涙が出て、大声で泣いてしまったこと。

オランダに来てからのあれこれを思い出して、何だか笑えてくる。アゼルは相変わらず他愛のない話をしていた。

港くんは近くにいる男たちや女たちに次々とキスをしていく。相手は誰でも構わないようだ。あの日のキスにも大した意味がなかったとわかって少し悲しくなる。その悲しくなった自分にも笑えてきた。別に港くんに恋愛感情を抱いているわけでもないのに。男とか女とか関係なしに、誰かの特別になるのはきっと居心地がいいのだろう。

喉が渇いて、目の前のソファーテーブルに置いてあった、誰かの飲みかけのビールを口にする。甘みと苦みが同時に舌の上を転がるのが楽しくて、全て飲み干してしまう。だけど喉の渇きは収まらなくて、アゼルが手にしていたモスコミュールを奪って、グラスを空にしてしまった。

彼は困ったような顔を見せた気がしたけれど、何だか僕はとても陽気だった。不思議なのは、口に入れたはずのモスコミュールがなかなか、胃まで落ちていかないことだ。液体は、本当にゆっくり喉と食道を通過して、胃へと辿《たど》り着く。

いつの間にかピアノの音は止んで、今度は身体が何十もの不協和音に包まれる。アゼルはチーズを食べている。思わずそのチーズをひったくるように口に含む。それだけなのにまた笑えてきて、彼の肩に寄りかかる。ねえアゼル、何だかラーメンを食べたくならない？　ラーメンって知ってる？　最近、アムステルダムでも増えてるけど、日本型のヌードルだね。ロッテルダムにおいしいお店があるって聞いたよ。マルクトハルの中だっけな。ねえ、本当に本当にラーメン食べたくなってきたよ。

絶え間ない電子音の向こうで、相変わらず港くんは背の高い男女たちと抱き合ったり、キスをしたりしていた。そう、誰とでもするキス。何にも特別じゃないキス。あの日と同じ。彼の視線が一瞬、僕を捉えた。なぜか戸惑うような目線。だけど僕はそんなことお構いなしに、港くんに向かって微笑みかけた。それに応えてくれたのか港くんも頬を緩ませた。彼のもとへ行こう。アゼルの肩に手をかけてソファから立ち上がる。鋭利な電子音が体内と臓器と共鳴する。連打されるスネアが少しずつ音程を上げていく。あらゆる音が、身体中に流れ込み、溢れそうになる。なぜかずっと歩いているはずなのに、なかなか港くんのいる場所に辿り着けない。右足を出して、左足を出して、前髪を短く切った女の子の脇を通り過ぎて、異様なほど痩せた金髪の男の子と目があって。そしてまた女の子とすれ違う。なぜかずっと昔にも会ったことがあるような。もうどれくらいの時間が過ぎたのだろう。バスドラムに合わせてベースの音が歪む。まだ港くんは遠い。残念だな。そう思った瞬間に意識が飛んで、そこからの記憶がない。

3月28日

目を開けて真っ先に飛び込んできたのは、真っ青な空だった。天井まで迫った大きな一枚窓のおかげで、やたら空が広く見える。見慣れたいつもの小窓からは、ほとんど景色なんて見ることが叶《かな》わないのに。そう思いながら、ここが自分の部屋ではないことに気が付いた。そういえばベッドもいつもより柔らかいし、何だかフルーツが混じり合ったような甘い香りもする。

今、何時だろう。やけに身体が重い。何とか上半身を起こすと見覚えのない広い部屋にいることがわかった。

「もう起きる?」

すぐ左から声がしたので驚いて振り向くと、港くんがベッドで横になっていた。眠そうな顔で毛布にくるまっている。少なくとも上半身は裸らしい。ぼんやりと昨夜のことを思い出す。お酒を飲んでいたのに、今まで避けていたマリファナを吸ってしまったのだ。バッドトリップとまではいかなかったけれど、まだ少し身体に浮遊感がある。僕は港くんのベッドで一晩、眠ってしまったらしい。我が家のシングルベッドとは比較にならないくらいの大きさとはいえ、彼と同じベッドで。

「俺、もうちょっと眠るね。キッチンにあるもの適当に食べてもいいし、勝手に帰ってもいいよ」

やっぱり僕にはドラッグは向いていないと思いながらベッドから降りるときにびっくりした。パンツ一枚しか身につけていなかったのだ。どんなに泥酔しても脱ぎ癖なんてなかったはずだし、眠るときも絶対に裸になるなんてことはない。

「あのさ、一応伝えておくと、誰とも何もなかったからね。ヤマトが盛大にモスコミュールをこぼして全身びちょびちょになってたから、アゼルが脱がしてくれたんだよ」

毛布にくるまったままの港くんが少しだけ笑って僕を見る。一瞬でも馬鹿げた妄想をした自分が恥ずかしくなる。そんなことはないって、もう十分わかってるはずなのに。

「僕、だいぶ迷惑かけちゃいましたよね」

「お互い様だから大丈夫だよ。俺がアゼルの介抱したこともあるし。ヤマトの服は乾燥機に入ってるはず。まだ乾いてなかったら適当に俺の服を着ていいから」

それだけ言うと、港くんは嘘みたいにすぐに寝息を立てて眠り込んでしまった。

部屋を出る。昨晩の喧噪が嘘みたいにリビングには誰の姿もない。その代わりに、いくつものシャンパングラスやアルコールの空瓶が所狭しと転がっていた。この後、誰かが片付けに来るのだろうか。

誰もいないとわかっても、パンツ一枚で他人の家をうろつくのは居心地が悪い。ミーレの洗濯機と乾燥機はキッチンに置かれていた。だけど僕のシャツとブラックパンツは生乾きのままだった。ジャケットは近くの椅子に掛けられていたが、やはりまだ濡れている。どうやら何かを借りるしかない。

きっと服はベッドルームだろう。彼を起こさないように、さっき出たばかりの部屋にもう一度入り、眠っている港くんを一瞥《いちべつ》して、ウォーキングクローゼットに足を踏み入れる。僕の部屋くらいの広さがあるクローゼットには、膨大な服が山積みになっていた。まだ封を解いていないハイブランドの袋も多い。メッシュ素材のルイ・ヴィトンのバッグなんて色違いで三つも放ってある。一番無難そうなコム・デ・ギャルソンの黒いTシャツとデニムを着てみることにした。

Tシャツをかぶる。いつもの港くんの匂いがした。ミカンと桃を混ぜたような甘いのにつんとくる香り。香水なのか柔軟剤なのかわからないけれど、彼が漂わせている香りに、自分自身が包まれるのは不思議な気分だった。

港くんと出会ってちょうど一ヶ月ほどになる。全く大したことのない期間だ。だけど、その大したことのない間にあった、たくさんのことを思い出す。彼と出会えたことで、退屈だったアムステルダムの生活は大きく姿形を変えた。突然電話をもらったこと。一緒にデルフトに行ったこと。川に片足を突っ込んでしまったこと。

ベッドルームに戻り、眠る港くんの近くに立つ。目を閉じていてもわかる大きな目と長いまつげ。筋の通った鼻。彫刻のようにきれいな造形。同じ人類とは思えない。そんな異世界の人のベッドルームに、自分が合法的に立っていることが不思議だった。

もうとっくに見慣れたはずの顔なのに、こうして近くで見つめると、さらにその美しさが際立って感じられる。

静かな部屋では、港くんの寝息だけが聞こえる。僕は彼と呼吸を合わせるようにして、その顔をじっと眺めてしまう。何だか不思議と、優しさと切なさが混じったような感情が胸の奥からこみ上げてくる。

「ねえ、まだいてくれるなら、朝食作ってもらってもいい？」

熟睡中だと思っていた港くんはぱちっと目を開けて、そしてまたすぐに閉じる。彼の顔を見つめていたのがばれてしまった。これでは僕が港くんに片思いする女の子みたいだ。彼に対する恋愛感情なんて、本当に全くないはずなのに。

気まずくなった僕はすぐに部屋を出て、そそくさとキッチンに向かう。昨日のパーティー用に誰かが準備したものなのか、冷蔵庫には一通りの食材が用意されていた。

まずサーモンの刺身が目に入ったので、さっと炙《あぶ》った後で一口大に切っていく。最近はオランダでも刺身を食べることが多いので本当は生食でも大丈夫なはずだ。そこに醤油とオリーブオイルを和えてサラダを作ってしまう。

今度はパルミジャーノチーズを包丁で薄くスライスする。酪農国家だけあってオランダの乳製品はどれもおいしい。そういえば昨日会ったアゼルはチーズの食べ歩きツアーをしたいと言っていた。ボウルを取り出し、卵を割り入れて、牛乳と塩、こしょう、チーズを加えていく。テーブルの上に鉢に植えられたハーブが見えたので、一口味見して何枚かちぎってボウルに入れた。誰かのプレゼントだろうか。皮をむいたアボカドもフライパンに加えて、強火で熱しながらオムレツの形を作っていく。

立派なミキサーも用意されていたので、バナナとベリーを放り込んでスムージを作っていたところに港くんが起きてきた。黒いボクサーパンツ一枚の姿だったので、思わず目を背けてしまう。女の子の下着姿ならともかく、男の裸を意識してしまうなんてどうかしている。高校時代の部活でも、電器屋時代の更衣室でも、同性の裸なんて見慣れているはずなのに。

僕の狼狽《ろうばい》を悟られないように、努めて他愛のない話をする。

「そういえば先週、デルフトに行ったじゃないですか。本当は世界一おいしいって言われるパン屋があったみたいなんです。Stads-Koffyhuisっていうお店。ちゃんと調べておけばよかった」

「じゃあ、あったかくなったらまた行こうよ。あの街、気に入っちゃった。一ヶ月くらいなら住みたいな。でもさ、ヤマトのサンドウィッチも十分おいしかったよ」

お世辞や社交辞令とわかっていても感謝されることは、いつだって嬉しい。こうやって誰かをすぐに褒めるのは、港くんの人心掌握術なのだろうか。僕が何をしてもサクラは一切、褒めてなんてくれなかったのに。

「もうすぐ朝食できるんで、服でも着て待ってて下さい」

「うん、そうする」

そう言って港くんは、クローゼットまで戻らずにソファに放り出したままだったスウェットとデニムを身につける。柔らかい春の日差しが港くんの茶色の髪の上を跳ねていた。フライパンの上ではもうすぐ二枚目のオムレツが完成しそうだ。

「ごめんなさい。またオムレツにしちゃいました」

「なんであやまるの」

「この前も作りましたよね。違うメニューにすればよかったです」

「俺がおいしかったって言ったの覚えててくれたんでしょ。ありがとね」

港くんが微笑む。

ふと幸せだなと思う。穏やかな春の日に、広くてお洒落な部屋で自分以外の誰かのために朝食を作る。サクラに裏切られて絶望していた頃からは想像もしなかった光景だ。昨日、勇気を出してこの部屋に押しかけてよかったと思った。

4月12日

港くんとはサーアダムホテルのラウンジでランチの約束をしていた。音楽をテーマにしたホテルらしいが、壁に巨大なグラフィティが描かれていたり、ちぐはぐにも見えるソファや家具がカラフルで、やたら活気のある場所だった。

だけど港くんはなかなかやって来ない。浮かない顔をしてやって来たのは、約束の時間を三十分過ぎてからだ。

「ごめんね、遅れちゃって」

笑顔がこわばっている。にぶい僕でも気付くくらい、いつもとは違う様子だった。

「何かあったんですか」

思わず聞いてしまう。港くんはハンバーガーとコーラを注文してから、下唇を噛みながら、ゆっくりと話し始めた。

「隼のやつ、スケジュールが変わったとか言って、明日からアムスに来ちゃうらしい」

「あれ、今月末って言ってませんでした？」

当初の予定では、隼さんは日本のゴールデンウィークに合わせてオランダを訪れるはずだった。だからその期間に合わせて港くんと僕はドイツのハンブルクに行く予定を立てていた。もちろん、隼さんと会わずに済む言い訳作りのためだ。ハンブルクは、再開発の進む楽しい街だから一度は行くべきだとアゼルにも勧められていた。

「どうしよう、急だけど今すぐにどっか行きますか？」

スキポール空港のホームページを開いて、出発便を手当たり次第、口に出していく。アテネ、リマ、マンチェスター、ケープタウン、ザグレブ。本当は今夜も明日も料理店でのシフトが入っていたが、港くんの前ではどうでもいいことのように思えた。だけど港くんの顔は浮かない。

「明日、移民局とのアポ入れちゃったよ。一時滞在許可書もらって来ないと」

そうだった。移民局でビジネスプランを見せて、六ヶ月の滞在許可を取得しなければならない。ビザなしでこの国にいられるのは三ヶ月までだから、このままだと違法移民になってしまう。

「じゃあ無理に会わなくてもいいんじゃないですか。実際、明日は予定があるわけだし。移民局に行くときは現金を忘れないで下さいね。確か１２９６ユーロ。クレジットカードが使えないんで」

そう言いながら、普段と逆だと思った。港くんは、何を食べるかとか、どこに行くかとか、僕が決めずにいることを何でも選んでくれる。それが気付くと居心地良くて仕方がなかった。

「そうだね。ビザの申請って言えば、あいつも納得するかな」

港くんはウェイターが運んできたコーラを一気に飲み干す。体型の維持に人一倍気を遣う彼がコーラを手にしたのをこれまで見たことがない。それほど動揺しているということなのだろうか。

テレビの向こうの芸能人というのは、僕たちとはまるで違う生活を送る人々だと思っていた。CGのように整った容姿で、ドラマや映画のような洗練された毎日を楽しんでいるのだと信じていた。だけど目の前にいる港くんは、見た目こそは端正だけど、どこにでもいる人間だ。親しい人の裏切りに悩み、元々いた世界から逃げ出すように去り、今は異国でもがいている。その状況だけを見れば、僕と何一つ変わりがない。

ふと思う。あの騒動の最中、日本中からバッシングされて、港くんはどんな気持ちだったのだろう。彼は何でもないことのように振り返っているけれど、とんでもなく孤独で、とんでもなく寂しかったのではないか。

いっそのこと、死んだほうが楽だと考えた夜さえあったのかも知れない。そうやって自分を傷つけた誰かに復讐してやろうと思った日があってもおかしくない。人間だったら当たり前だ。そんなことに、今さらながら気が付く。

その寂しさは今でもしっかりと続いていたのだ。この大きいとはいえない身体で、どれほどの悲しみを受け止めてきたのだろう。僕にできることを必死に考える。

「隼さんには僕が代わりに会ってきましょうか。何か伝言があれば話してきますよ」

その提案に対して、港くんは不安そうな顔をして僕を見つめてきた。数秒の沈黙は世界中の言葉が入り乱れる喧噪《けんそう》のラウンジにあっという間に紛れてしまう。港くんは近くにいたウェイターにコーラをもう一杯頼むと、ほんの少しだけ顔をほころばせた。

「俺、緊張すると昔からコーラなの。デビューした頃は、本番前とかやたらコーラばっかり飲んでたな。最近はちっとも欲しくならなかったんだけど」

すぐには運ばれてこないコーラを待てなかったのか、港くんは僕が飲みかけた紅茶のカップを手にする。ゆっくりと思案して、少しだけ口をつけた後で「そうだね。ヤマトに頼もうかな」と小声でつぶやく。

瞬間的に、その弱々しい姿を愛おしく思ってしまう。

もしも今、このラウンジに誰もいなかったら、僕はどうしていただろう。指先に触れたのか。腕を撫でていたのか。「大丈夫だよ」と抱きしめていたのか。顔と顔を近付けて、キスをしてたのか。恋人同士だったらそうやって彼を慰めることができたのに。

一瞬のうちに次々と妄想が膨らんでしまい、その全てを馬鹿馬鹿しいと一笑に付す。別に僕は男が好きなわけじゃないんだから。きっとこれは可憐な女の子や、けなげなペットを抱きしめたいと思うのと同じだ。特別な感情なんかじゃない。

恋愛関係にない男同士は不自由だとも思う。キスやハグではなく、言葉だけの力で相手を励ましたり、慰めたりしないといけないのだから。そんなことが果たして僕にできるのだろうか。

頼んだコーラがなかなか来ない。港くんは落ち着かない様子でポケットから茶色い小瓶を取り出して、鼻から深く息を吸い込んだ。ルームメイトが吸っているのを見たことがある。たぶんポッパーズ。よくセックスドラッグとして使われると聞いたことがある。

港くんが僕の前で堂々とドラッグを使うのは初めてだった。あのパーティーの夜でさえ、彼はマリファナも吸っていなかった。当たり前のことだけど、まだ彼はドラッグを止められてなかったのだ。

僕の怪訝《けげん》な視線に気付いたのか、それともポッパーズが効いてきたのか、彼は少し頬を緩ませた。

「これ？　お守りみたいなもんだよ。ほんの数分で効果が切れるからさ。俺たちの間ではずっと当たり前に使われてたし、こんなので逮捕されるのは日本くらい。アルコールよりもずっと危険度が低いんだよ」

あまり薬物の知識がない僕は黙るしかない。だけどきちんと聞いておこうと思った。

「港くんって、まだドラッグは続けてるんですか」

「真剣な顔してどうしたの。ポッパーズとコカインくらいだよ。大したことないクスリでしょ。覚醒剤みたいなやばいのには一切手を出したことがない。だから誰にも迷惑かけてないんだよ。ヤマトもこの前、マリファナ吸ってたでしょ。この街だと、そんなの別に特別なことじゃないってわかるよね」

ポッパーズのせいか、港くんはいつもよりほんの少しだけ早口で饒舌だった。多幸感や酩酊《めいてい》状態をもたらしてくれるドラッグだと聞いたことがある。確か有名なミュージシャンもこのドラッグの愛用者だったはずだ。気のせいなのか、シンナーのような臭いが鼻につく。

「薬がないとやってられないようなクソみたいな世界で生きてきたんだよ。騙《だま》し合いと裏切りと約束破りが当たり前の毎日で、もう壊れそうだったの。だから息抜きにちょっと薬に頼っただけだよ。別に中毒になったわけでも何でもない」

港くんは落ち着きなく話し続ける。反論せずに聞き流してもよかったけれど、それは彼に対して誠実ではない気がした。

「よくわからないけど、何か理由があるからドラッグは規制されてるんじゃないですか。本当に効能しかなかったら、世界中で合法化されていると思うんです。文学とか音楽みたいに」

別に僕は誰かがドラッグで身を滅ぼしても、それは自分の勝手だと思っている。だけど港くんのことは心配だった。

オランダでさえドラッグには危険がつきものだ。街中でコカインだと売りつけられた薬物が実は覚醒剤で、そのまま依存症になってしまった人の話を聞いたことがある。少し前までは、薬物を巡るマフィアの抗争も多かったという。

だから僕は、この間、港くんの家で勧められるまでマリファナも吸わなかった。もちろん世界中で合法化や非犯罪化が進んでいることくらいは知っているけれど。

「ヤマトも学級委員長みたいなこと言うわけね」

「ただ心配なだけですよ」

「わかった。試してみようか」

港くんはさっきの小瓶をもう一度大きく吸い込むと、僕の腕を摑みながら席を立った。ちょうどウェイターがコーラを運んできてくれたところだったが「おつりはチップにして」と言って、50ユーロ紙幣を押し付ける。

「急にどうしたんですか」

「ヤマトが不安そうな顔してるからだよ」

港くんは手際よく2階のフロントでホテルの部屋を予約してしまう。

エレベーターの中には大音量の音楽が流れていて、カラオケまで設置されていた。何て陽気なホテルなのだろう。

港くんも楽しそうな顔をしながら、音楽に合わせて身体を軽く揺らしている。本当はこのまま帰ってしまいたかったが、こんな状態のまま彼を置いていけない。

コンクリート打ちっぱなしの客室は、たくさんのレコードジャケットやギターなど音楽に関連するもので溢れていた。窓からは、何隻もの大型船が往来する川を挟んでアムステルダム中央駅がよく見える。港くんはポケットからジップロックに入った角砂糖のような白い塊を取り出す。

きっとコカインだ。

ガラスのソファテーブルの上に白い塊を置くと、クレジットカードの角で細かく砕いていく。

「俺ね、自分で言うのもなんだけどバカじゃないと思うの。でも高校生の途中から仕事を始めてるから、いわゆる社会経験がないんだよね。だから本当に何度も騙されてきた。フィリピンのカジノの中に中国人が両替所を作るっていうから、両替資金に出資してくれたら月利を10％出してくれるとか。誰が聞いても怪しいってわかるでしょ。でも俺、何にもわからなかったからさ。しかもずっと付き合ってた知り合いからの紹介だったんだ。そうやって失敗を繰り返したおかげで、成功した投資もあるんだけどね。でも本当に心が折れそうになる失敗や裏切りも多かったんだよ」

塊が少しずつ、小さな粒子になっていく。港くんは一心不乱に手を動かし続ける。僕はそれを止めるべきかどうかわからない。オランダでもコカインの所持は違法だったはずだが、今はそんな法律の話をしても仕方がないのはわかっている。

咄嗟《とっさ》に取った行動は、自分でも意外だった。テーブルに顔を近付けて、砕かれた白い粉を目一杯、吸い込もうとしたのだ。

「おい、何してんの」

港くんが驚いて、僕を止めようとする。

「大したことのないドラッグなんですよね」

僕がそれでも強引に顔を白い粉に押し付けようとしたら、今度は頭を強く弾かれた。思わず体勢を崩して転んでしまう。床に身体をぶつけた衝撃がずしりと響く。だけど身体中が空洞になってしまったみたいにまるで痛みを感じない。

「別にヤマトに試して欲しかったわけじゃないんだよ。こんなものだって見て欲しかっただけでさ。別に君には必要ないでしょ。ちゃんとこの街に馴染めてるし、不幸と言えば元カノにふられたことくらい。まだ二十代でしょ。これから何でもできるじゃん」

珍しく感情的に港くんが僕に言葉をぶつける。だけどコカインを少しだけ吸い込んでしまったせいなのか、まるで嫌な気分はしなかった。それどころか何だか気分が高揚して、少し楽しい気分にまでなってきた。

「それは僕の台詞ですよ。それだけ格好良くて知名度もあってお金もあって頭も良くて優しくて、何だって持ってるじゃないですか。しかも有罪になってないどころか、逮捕もされてないんでしょ」

「は?」

港くんは眉間に皺を寄せて、僕を強く睨《にら》み付ける。いつもなら怯《ひる》んでいたかも知れないけれど、今は思っていることを伝えなくちゃいけないと思った。立ち上がり、今度は僕が港くんを見下ろす形になる。

「ドラッグがいいのか悪いのかはわからないけど、港くんは不安から逃げるために使ってるんでしょ。だったら、その不安の元を断ち切るのが先ですよね。自分を裏切った親友がアムステルダムに来るくらいで、何で落ち込んでるんですか。大人なんだから、もっと堂々としてなよ」

港くんも立ち上がり、僕のTシャツの胸ぐらを掴んできた。

「やっぱりお前も何にもわかってなかったんだね。俺がどんだけ傷ついて、どんだけ寂しくて、どんだけやってられなかったって」

「そんなの、わからないに決まってるじゃないですか。それとも『あなたの気持ちが全部わかります』とでも言われたいんですか。そんなの、神様じゃない限り無理ですよ。僕はただ港くんに幸せになって欲しいだけです」

それは本音だった。港くんは僕の胸元から乱暴に手を放すと、椅子に腰を下ろす。そして怒られた子どものように口を尖《とが》らせていた。身体からは生気が抜け、力なくうなだれている。彼の姿がこんなに小さく見えたのは初めてだ。

「じゃあ助けてよ」

港くんは、すがるような目で僕を見つめてきた。とても寂しい顔をしている。今にも泣きそうなくらい潤んだ瞳が、真っ直ぐに僕を見つめている。なぜなのか、それがとても美しいと思ってしまった。余計な表情の介在しない、純粋な港くんがそこにいたせいかも知れない。

「そんなの当たり前じゃないですか」

港くんの隣に座る。目線の高さを合わせたかったから。少しだけ、その美しい顔を間近で見たいというよこしまな気持ちもあった。

「俺さ、本当に何度も裏切られてきたんだよ。ヤマトのことは信頼してるよ。でも、結局離れていくのかなってあきらめてもいる。ねえ、信じていいの？」

ついうっかり「絶対に大丈夫です」とか「約束します」とか、安っぽい言葉が口から出そうになる。

だけど、こんなときだからこそ、嘘をつかずに正直に応えようと思った。

「わかんないです。人間は誰でも変わるから」

港くんは、すぐ近くで真っ直ぐに僕を見つめている。

「でも僕は少なくとも今は、港くんの隣にいたいです。仮に港くんが誰かを殺してしまっても、港くんのことを大切な人だと思っています。そのとき、僕にできることは何でもしたいです。それじゃだめですか」

港くんは手で口を隠すように大きな溜息をした後で、小さく笑い出した。

「あのさ、勝手に殺人犯にしないでくれる？　俺、ただの薬物使用者なんだけど」

「やっと笑ってくれた」

港くんが僕の肩に手を回してくる。その動作は親友であることを確かめ合うための友情の証しにも、恋人たちが交わし合う愛情の証しにも思えた。そうやってしばらく二人とも何も話さずに、窓の外の街並みを眺めた。

大きなビニールハウスのようなデザインの中央駅と、連絡船でセントラルとノードの間を行き交う人の群れが見える。街の上空を覆っていた大きな灰色の雲が抜けて、ささやかな光が水面の上を細かく跳ねていた。不思議といつもよりも世界が鮮やかに見える。稜線の向こうへと抜けていく青空が眩しい。

そんな風に二人で肩を組んでいるうちに、少しずつさっきまでの興奮が収まっていくのがわかった。

「ヤマトの言葉、嬉しかったんだけどさ、よく考えると、コカイン吸って興奮状態だったから言えたんじゃない？　そう思うと、お前にドラッグのことをとやかく言う権利なんて、なくない？」

港くんがおどけながら話す。確かにその通りだ。少量を吸い込んだだけとはいえ、さっきはいつもよりも頭が冴え渡っていた気がする。いつもの僕からは考えられないほど饒舌で、気も大きくなっていた。港くんは、テーブルの上に放置したままだった白い粉をジップロックに戻していく。捨てるわけではないが、今すぐ使うのも止めたらしい。

「明日、よろしくね」

「大丈夫、任せて下さい」

今度は僕から港くんの肩に手を回した。その大胆な行動に自分でもびっくりしてしまう。さっきのコカインがまだ少し残っていたのかも知れない。コカインの効果は一瞬で切れるというから、本当のところはわからないけれど。

4月13日

隼さんと僕はアムステルダム国立美術館の『7の月に』という絵の前で待ち合わせた。中央駅やダム広場などわかりやすい場所だと日本からの観光客に見つかってしまわないか心配だったからだ。国立美術館にも日本人は多いが、わざわざ『7の月に』の前で足を止める人は多くない。

約束の時間より少し早く来たら、まだ絵の前には誰もいなかった。芸術のことなんて全くわからないが、僕は『7の月に』の、CGよりも鮮明な青空と風車が好きだ。この街に来てからは思い通りにならないことが多くて、なかなか物事の決着がつかなかった。だから輪郭のしっかりしたこの絵を眺めていると何だか心が落ち着いたのだ。

「やっぱり港は来ませんか。性格を考えて、直前に予定が変わったことにしたんですけどね」

低い声に振り向くと帽子を被った長身の男性が立っていた。帽子も薄手のコートもカーディガンもデニムもブーツも全て黒ずくめだった。

「あなたがヤマトさんですよね。はじめまして。話は少しだけ聞いています」

とても丁寧な話し方だ。隼さんは僕に握手を求めてくる。背が高いものだから、見上げないと目が合わない。視線を合わせると、彼は満面の微笑みを浮かべてくれた。確かにテレビや写真で見たときと同じ顔立ちなのに、想像とはだいぶ雰囲気が違う。

少しも瞳の奥が笑っていないのだ。

彼が殺人鬼や悪党を演じることが多かった理由がわかる。一見して柔らかな雰囲気なのに、思わず全身がこわばる。どんな言葉で挨拶を交わそうか迷っていたら、隼さんが「あっ」と声を上げて、隣の部屋に飾られた絵を指差した。

「あの牛、かわいいですね」

牧草地を描いた油絵を見て、隼さんが笑う。そして僕のほうを向き、今度は同意を求めるような微笑みを浮かべた。本心がわかりにくい人だと思った。だけど不思議と目が離せない。小さな顔にくりっとした瞳、どこか女性的にも思える表情。うっかりすると隼さんに興味を持ってしまいそうになる。

彼に促されるように、僕たちはゆっくりと美術館を歩き始めた。観光客の多い『夜警』や『牛乳を注ぐ女』を避けて、誰が描いたのか知らない運河や帆船をモチーフにした絵画の中を歩いて行く。平日の昼間ということもあり、ほとんど来館者はいない。僕たちの靴音だけが展示室の中で響く。

隼さんは小声で尋ねてきた。

「港は元気でやってますか？　ヤマトさんみたいな友だちがいてよかったです。本当は海外で一人暮らしなんてできるタイプじゃないんですよ。人見知りだし、疑り深いし、寂しがり屋だし。しかも変に頭がいいから物事を自分で判断しすぎて、変なコミュニティに入りがち。この半年、心配で仕方なかったんです」

彼の表情を覗き見ると、本当に心配そうな表情をしている。いくらプロだとはいえ、それが演技だとは思えない。どんどん彼に対する警戒感が下がっていくのがわかった。だけど僕は今日、港くんの代理で来ているのだ。隼さんと仲良くなることが目的ではない。彼とは努めて事務的に話すべきだと思った。

「港くんからの伝言です。『全部わかってるけど、怒ってないよ』って」

ジェームズ・アンソールの『陰謀』の前で僕たちは足を止めた。まるで仮面を被ったような人々が笑顔を浮かべる不気味な絵だ。相変わらず展示室には僕たち以外、誰もいない。隼さんは大きな手を口に当てて、少しの間考え込んでいるようだった。

「『全部わかってる』か。港らしくない不用心な言い方ですね。何かを語るときに『全部わかってる』なんてことはあり得ないのに。どこからどこまでが『全部』だなんて、人間に認識できるわけがない。そう思いませんか？」

やはり隼さんはテレビで知っていたイメージとはだいぶ違う。だけど、この機知に富んだ言い回しに、港くんと仲が良かったことも納得できる。聡明な彼にならストレートに質問をぶつけても大丈夫だと思った。

「どうして港くんのこと、週刊誌に売ったんですか」

意を決して聞いた言葉は、頭の中で練習したときよりも少し早口になってしまう。天井の高い豪華な展示室にはまるで不似合いな、語尾の少し震えた日本語が響く。何で大切なことを伝えるときほど、動揺してしまうのだろう。

隼さんは『陰謀』を見つめたまま、まるで絵の中の人物のような不敵な笑みを浮かべた。そして息を少しだけ吸ったかと思うと、一気に話し始める。

「やっぱり港からはそう見えてるんですね。ちょっと悲しいな。でも結果的にこうなってよかったとは思ってるのは本当かな。僕はただ、彼がおかしくなる前に止めて欲しかったんです。クスリのことはよくわからないけど、明らかに彼はやばい連中と付き合ってた。日本は薬物に厳しすぎるとか、コカインとかMDMAは依存性がないとか色々言うけれど、東京で出回ってるクスリなんて素人が調合したものばかりでしょう。そんなの危ないに決まってる。何度もね、言ったんですよ。クスリなんて止めろって。でも全然聞く耳を持たない。それどころか、どんどん怪しい仲間とつるむようになっていった。芸能人だからって足元を見られて、やばい取引をさせられたり、実質的な売人にさせられたり。本当はもっと穏便な方法があればよかったんだろうけど」

まるで用意されていた台詞のようだと思った。だけど決して嘘をついている様子もない。本当に隼さんは港くんのことを心配しているのだろう。実際、僕だって気がかりだ。昨日のように、相変わらず彼はポッパーズやコカインを吸っている。しかも、ただ不安な気持ちから逃れるために。

「せっかくだから有名な絵も観ていきたいんだけど案内してくれる?」

隼さんがゆっくりと歩き始める。レンブラントが飾ってあるのは一つ上のフロアのはずだ。案内のために彼を追い越しながら、今度は落ち着いた口調で聞くことができた。

「いくらクスリを止めるためだっていっても、港くんの人生、ぐちゃぐちゃになっちゃいましたよね」

「でも港はアムステルダムで結構楽しく生きてるんでしょ」

すぐ隣にいる隼さんの横顔をちらっと覗き見ると、口を尖らせて笑っていた。昨日、ホテルの部屋で見た港くんの顔を思い出す。悲しい笑顔。きちんと口元はほころんでいるのに、なぜか全てをあきらめたような、虚《うつ》ろなまなざし。人は、長い間一緒にいると表情が似てしまうことがある。港くんと隼さんもそうなのかも知れない。

「港くんへの嫉妬はなかったんですか」

僕が隼さんと会うのはおそらく今日が最初で最後だ。だったらどんなに嫌われても構わない。疑問に思うことは何でも聞いておきたい。港くんと約束したのだ。

「ああ、一緒のタイミングにデビューしたのに、港ばっかり売れちゃって、俺が中堅で収まっているってことですか。もちろん悔しいとは思うけど、港がいなくなっても俺の席が増えるわけじゃない。彼に嫉妬なんてあるわけがないよ」

隼さんは嫌な顔一つせずに僕の質問に応えてくれた。相変わらず言葉は用意された台詞のようにも聞こえたけれど、嘘をつかれている気はしない。隼さんは本当に港くんのことが大切で、何とかして守りたかったのではないか。

「ヤマトくん、きっとアムステルダムで俺の知らないあいつのことをたくさん見てきたんだと思う。同じように、マスコミも知らない、俺らしか知らない俺らの事情ってのもあったんだよ。だから、俺は何一つ間違ったことをしたとは思ってない。港を救う方法は他になかった」

名誉の間に飾られた絵画の前には大きな人だかりができていた。フェルメールの『牛乳を注ぐ女』や『小路』などの作品が整然と並べられている。

隼さんは嬉しそうに高さ4メートル以上にもなる大きな油絵を指差した。

「あの一番、奥に飾ってあるのがレンブラントの『夜警』でしょ。英語では『Night Watch』って言うんですね。『夜回り』や『夜間警備』ではなくて『夜警』と翻訳した人には才能がある。全く同じ内容でも言い方一つで見え方は容易《たやす》く変わってしまう」

自警団が夜回りに出発する様子を描いた絵に、何十人もがスマートフォンを向けていた。僕もポケットから画面が割れたiPhoneを取り出す。『夜警』にカメラを向けたふりをして、こっそり何枚かは隼さんの後ろ姿や横顔をフレームに含めた。シャッター音なしで撮影できるカメラアプリを入れておいてよかったと思う。

薄暗い階段を降りてバーの中に入ると、港くんはカウンターの一番奥の椅子に座っていた。珍しく甘そうなカクテルを飲んでいる。

「遅かったね」

その声は少し不機嫌そうだった。彼の表情を見ないようにして、若いバーテンダーにミント・ジュレップを頼んだ。もともと隼さんとの予定が済んですぐ、港くんに連絡をしようと思っていた。彼の移民局での予定は、それほど時間はかからなかったはずだ。だけど国立美術館を出て、隼さんと別れようとしたときに、エスケープルームに誘われてしまった。オランダ全土には脱出ゲームが1000以上あり、世界中からファンが訪れる聖地でもある。日本で友人に勧められて予約をしていたが、興味のあるスタッフを合わせても人数が足りないのだという。

何となく彼に興味が沸いていたのと、どうせ一時間程度だろうと思って承諾してしまったら、郊外の「ドーム」というゲームだった。しかも帰りはUberが呼べなくて、一時間以上もかけて幹線道路まで歩く羽目になってしまった。

さすがに夕食を一緒にしようという申し出は断ったけれど、港くんに連絡をしたときには、すでに時刻は夜7時を回っていた。

「何してたの」

珍しく港くんは不機嫌さを隠さない。だけど、どこまで正直に言っていいものか迷う。いい言葉が思いつかなくて言い淀《よど》んでいたら、ミント・ジュレップが僕の前に置かれた。港くんは低い声で「お疲れ」と言って、グラスをぶつけてくる。

「お疲れ様です」と言いながら、港くんの横顔をちらりと見た。いつもの温度が低そうな横顔。バーの中が暗いせいか、不思議と口元を緩めて笑っているような表情が見えた。不機嫌だというのは、僕の思い過ごしなのだろうか。

とりあえず、美術館で隼さんと交わした会話について、できるだけ正確に伝えた。だけど彼がとにかく港くんにクスリを止めて欲しかったという話をしても、「ああ」という気のない相槌《あいづち》を打つだけだった。

埒《らち》が明かないと思って、『夜警』の前で隼さんを隠し撮りした写真を見せてしまう。黒の壁に飾られたとびきり大きな絵画。少し遠くに設置されたポールの手前で、世界各国からの来場者が、その有名な絵を眺めていた。

カメラを撮るのに夢中な人が多い中で、隼さんのとりわけ真面目な横顔が印象的だった。公式インスタグラムの投稿とは違う、彼の自然な表情が切り取られている。

だけどｉＰｈｏｎｅを渡しながら、一瞬しまったと思った。いつもこうやって港くんのことも盗撮しているのだと勘違いされそうだったから。

実際、隼さんにカメラを向けたのは、間近にいる芸能人を記録に残しておきたいくらいのミーハーな気持ちだった。

「あいつ、話し方がやたら芝居がかってなかった？　特に初対面のやつにはインテリぶる癖があるからな。もったいぶった口ぶりで、それっぽいことを言うのが得意なんだよ。それで偉い年寄りはころっと騙されちゃう。あと見てよ、このチェーンのネックレス。昔、欲しそうだったから俺があげたやつだ。こんなわかりやすいアピールある？」

半日以上も一緒にいたのに全く気付かなかった。確かに写真を拡大してみると、銀色のネックレスが見えた。

「仲直り、したかったんじゃないですか」

「何なの、お前。隼に感化されてない？」

港くんは塩でも舐《な》めたような渋い顔をしたかと思ったら、チャイナブルーを一気に飲み干して、今度はレッドブルウォッカを注文する。

感化されたという推測は、あながち間違いでもない。エスケープルームまでの道中、隼さんからは港くんとの思い出話をたくさん聞いた。彼らには十年近い共通体験がある。今の落ち着いた姿からは想像できない、昔の港くんの話をたくさんしてくれた。

デビューしたばかりの頃は、五歳児のようなハイテンションで、二人で遊び回っていたのだという。「俺たち、二人とも無理してたのかもね。親友だったら、これだけ盛り上がって当然だよなって自分たちに言い聞かせ合ってた」と静かにつぶやいた隼さんがやけに印象的だった。その頃の港くんだったら、たとえアムステルダムでも仲良くなれていたかわからない。

「悪い人じゃないと思っただけです」

「いい人か悪い人かなんてどうでもいいんだよ。結果的にあいつのせいで俺は全部なくしたんだから。この期に及んであいつの言い訳なんか聞きたくない」

よせばいいのに思わず反論してしまう。

「隼さんが港くんのことを大切にしているのは嘘じゃないと思います」

本当に隼さんが直接、週刊誌に港くんの写真を持ち込んだのかどうかはわからず仕舞いだった。だけど、仮にそうだとしても隼さんには彼なりの愛情があったのではないか。何としてでも港くんを止めたかったのではないか。

「やっぱりあいつ、初対面の人間を虜《とりこ》にする力だけはすごいな。みんなコロッと騙されちゃう」

今度はぐっと堪《こら》えた。どんなに言葉を尽くしても、きっと今の港くんを説得するのは無理だと悟ったからだ。誰かの考えを強制的に変えさせるなんて不可能だと思う。論破は一方的な自己満足に過ぎない。

結局、人は自分で気付くことでしか、考えを改められない。

もちろん隼さんに関しては港くんのほうが付き合いも長い。僕が間違っているという可能性も大いにある。だからもう、今日はこれ以上議論しても仕方がないと思った。

港くんは片肘《かたひじ》をつきながら、僕が渡したｉＰｈｏｎｅで隼さんの写真をじっくり眺める。おそらく半分無意識だったのだと思う。その写真をスワイプし始めた。続く何枚かは国立博物館の中で撮った、ピントのぼけた隼さんが切り取られているだけだった。

だけど次の一枚になった瞬間、まずいと思った。

一緒に行ったエスケープルームで脱出成功の記念に撮った写真が液晶画面に映し出されていたのだ。隼さんや僕が満面の笑みを浮かべて並んでいた。ｉＰｈｏｎｅを取り返そうとするももう遅い。

「何これ」

もう正直に言うしかない。

「誘われたので、一緒にエスケープルームに行ってきました」

港くんは僕をちらっと睨む。眉をわかりやすく顰《ひそ》めているが、口元は緩めたままなので笑っているようにも見えた。こんなときでも彼は微笑んでしまうのだ。

「いつまで経っても連絡来ないなって俺がもやもやしている間、隼と遊んでたわけね」

今度は拗《す》ねた表情を見せる。心から怒っているというよりも、まるで不貞腐《ふてくさ》れた子どものようだと思った。

「そうです。だけど行ってよかったと思いました。二人の話をたくさん聞けたから。港くんがとにかく負けず嫌いで四十八時間徹夜でゲームをした話とか、二人ともご飯を残すのが嫌で二十歳の頃までは太ってた話だとか」

「違うよ。負けず嫌いなのは隼のほうで、俺はあいつほど太ってなかった」

港くんはバーテンダーから渡されたレッドブルウォッカをほとんど一瞬で空にしてしまうと、大きく息を吐いた。

「ねえヤマト、俺のこと、助けてくれるって言ったよね」

「僕にできることなら何でもしたいと思ってます。だって、港くんのおかげで、僕の冴えない生活が一変したんだから」

港くんはもう一度、長い溜息を吐いて、無表情でバーテンダーに告げた。

「すみません。テキーラ、ショットで。そうだね、とりあえず俺とこの彼の前に十個ずつ置いて」

バーテンダーは無表情で、アラジンのランプに似た形をしたドン・フリオのボトルから、まるで科学の実験のように、ショットグラスに丁寧にテキーラを注いでいく。バーカウンターには合計二十個のショットグラスが並べられた。

港くんは僕を見遣《みや》りもせずに「乾杯」と言って、グラスを突き出す。仕方なく僕もショットグラスを持つ。乱暴にグラスをぶつけ合うと、一緒にドン・フリオを飲み干す。安いテキーラと違って、気持ちよく喉に熱が染み込んでいく。一息置こうとすると、すぐにまた港くんがグラスを差し出してきた。

「何なんですか」

「若い頃、隼と喧嘩したときに、よくこんな風に仲直りしたんだよ。言葉を尽くしても無理な夜は決まってこうしてた。要は酔って誤魔化していただけなんだけどね。でもそれで朝には忘れちゃうくらいのわだかまりなら、何てことないってことだろ。もしも明日、俺がまだ怒ってたら、また考える」

「やっぱり怒ってるんですか」

港くんは応えてくれない。

仕方なく僕は言われるがままテキーラを飲み続けた。五杯目を飲み干した頃から、明らかに身体の温度が上がってくるのがわかった。意識がぼんやりとしていくのに、不思議と頭の一部だけが明晰《めいせき》になっていく。この状況がおかしくて、自然と口元が緩んでしまう。港くんも頬がほんのりと赤くなって、不思議と楽しそうな表情を浮かべている。

七杯目の乾杯をしたときに勇気を出して、港くんに提案してみた。

「多分、隼さん、まだアムステルダムにいるはずですよ。夕飯、どこかで食べるって言ってたし、日本との直行便はKLMの午後便しかないから」

「は、バカなの？　会えるわけないじゃん。今さらあいつと、こんなことで仲直りできるわけないだろ」

港くんは戸惑うような笑みを浮かべていた。

「やってみないとわからないじゃないですか。LINEも交換したんで呼びますよ」

「おい」

港くんの制止を振り切って、隼さんに連絡をする。実はさっきから彼から定期的に連絡が来ていて、このバーからそう遠くないホテルに泊まっていることを知っていた。電話はすぐにつながって、三十分以内に来られそうだという。

「まじで何してんだよ。俺、帰るよ」

港くんが紙幣を置いて席を立とうとしたから、咄嗟《とっさ》にバーカウンターの上に残っているショットグラスを手にする。

「まだたくさん残ってますよ。全部飲んでから帰って下さい」

久しぶりに大量のテキーラを飲んだせいか、気が大きくなっている。昨日のコカインといい、ドラッグの力を借りないと大胆なことを言えないなんて我ながら情けない。全く港くんのことをとやかく言う権利がない。

だけど何とか隼さんが来るまでは港くんを引き留めないと。頭の中に辛うじて残っている、アルコールに冒されていない理性を総動員して、何度も港くんと乾杯しようとする。日本語がわからないだろうバーテンダーは相変わらず無表情でドン・フリオを継ぎ足してくれる。港くんも、嫌な顔をしながらも何とかバーに留まってくれた。

一体、どれくらいのショットグラスを空けたのだろう。心臓がばくばくしている。呼吸が荒くなっているのがわかった。世界がいつもよりも煌《きら》めいている気がする。

こんな風にお酒を飲んだのは、間違って参加してしまった大学の頃の合コン以来だと思う。カラオケで「世界に一つだけの花」をワンフレーズずつ歌いながら、「花」に当たった人がテキーラを飲んでいくという最悪のゲーム。今まで忘れていたのに、あの不思議なハイテンションが急に鮮明によみがえってきた。

さすがにもう無理だと思ったときに、隼さんが到着した。

昼間と同じ黒いコートを着ているが、シャワーを浴びたばかりなのか、髪が少し濡れている。そして、あの銀色のネックレスが目に留まる。宝箱の鍵みたいな不思議な形。

「君たち、どうしたの？」

隼さんは少し驚いた表情を見せる。「いや、どうもしてないですよ」と言いかけて、カウンターの上に並んだ何十杯ものショットグラスに気が付く。必死に場をつなごうと、とんでもない量のテキーラを飲んでしまっていた。

「ああ、港とよくこうやって飲んでたよ。あいつ、まだこんなことやってたのか」

乱雑に並んだグラスの端っこで、港くんはうつ伏せになって眠ってしまっている。片手にはグラスを握ったままだ。隼さんはゆっくりと彼の元へ近寄り、まるで野犬を落ち着かせるみたいに、大きな手で頭をくしゃくしゃと撫でる。だけど港くんはちっとも目を覚まさない。

「起こしましょうか」

「ううん、元気な姿、見られただけでいいよ。無理に起こして、またテキーラ飲ませられるのも嫌だしね」

寝ている港くんを脇目に見ながら、僕たちは色々な話をした。ほとんどは港くんの思い出話だったけれど、なぜか酔った頭で、僕は彼らの思い出の多さにほのかな嫉妬を抱いていた。芸能界に入って以来の長い友だちと、まだ一ヶ月半しか関係のない僕を比べるなんて、おこがましいとわかっていたけれど。

隼さんは時々、気持ちよさそうに眠る港くんに視線を送る。そのまなざしがとても優しかったことをよく覚えている。うっかりと僕まで眠ってしまったようで、気が付いたときには隼さんは会計を済ませて店を後にしていた。

後から僕のＬＩＮＥに、酔い潰れた港くんと僕を背景に、隼さんがおどけた表情で自撮りをした写真が送られてきた。いつか三人で笑って食事でもできる日が来るだろうか。そんな未来を想像して、自分の中の嫌な感情がわき上がってきそうで必死に抑えた。だって港くんと隼さんが仲直りできたなら、僕はもう必要ないだろうから。

4月22日

今日は気温が25度まで上がるのだという。もう四月下旬だから決しておかしくはないのだが、港くんと出会った日の寒さが嘘のようだ。あの日からまだ二ヶ月も経っていないというのも信じられない。自転車を漕ぐ間にも少し汗ばんでしまい、信号待ちの最中に、長袖のシャツを腕まくりする。

今日は港くんとダブルツリーバイヒルトンの屋上にあるスカイラウンジでランチをする約束になっていた。

このところ、港くんとは週に何度も会っている。サーアダムホテルで怒鳴り合ったり、暗いバーで潰れるまでテキーラを飲み合ったせいかも知れない。

彼から呼び出されることもあれば、僕から誘う機会も増えた。出会った頃は遠慮の意味もあって、彼が声をかけてくれるのを待っていた。だけど最近は勇気を出して、僕から「今、何してますか」とか「ご飯食べませんか」といった連絡を送るようになった。

サクラからもよく注意されていた。付き合い始めの頃、相手のペースを邪魔するのが嫌だと思って連絡を控えていたら「お姫様のつもりなの」と怒られたのだ。あのときはイラッとしたけれど、今ではその意味がよくわかる。

今日のランチも僕から誘った。朝起きたら青空が気持ちよかったのと、仕事のシフトが遅番だったからだ。昔なら、ベッドで横になったまま、だらだらと昼過ぎまで時間を潰していたと思う。あの寒かった日、港くんに会っていなかったらと思うと怖い。

信号が青に変わる。自転車のペダルを踏み込む。港くんの顔が頭に浮かぶ。笑ったときの犬みたいな表情。一人でいるときの寂しそうな顔。今日はどんな港くんに会えるのだろう。そんなことを考えていると胸が締め付けられて、思わず口元が緩む。隼さんの代わりにはなれないけれど、港くんから嫌がられない限りは、彼の隣にいたい。自然と自転車を漕ぐペースも速くなる。僕は今ちょっと、おかしいのだと思う。

中央駅の前に自転車を停めて、ヒルトンへと向かう。太陽が眩《まぶ》しい。

エレベーターで屋上に上がってスカイラウンジを見渡すと、白い無地のTシャツを着た港くんの姿があった。ソファー席で、テーブルに突っ伏して目を閉じている。大きなビールジョッキが半分ほど空になっていたから、先に来てお酒を飲んでいて、眠くなってしまったのだろう。

長いまつげと、真っ直ぐな鼻筋。口元が少し開いていて、何だかかわいらしい顔になっていた。肌はマシュマロのように透き通っている。

隼さんが疑り深くて寂しがり屋と言っていたけれど、この姿を見て妙に納得してしまった。肩幅はあるけれど、実は小柄な身体。ほんの少しだけ猫背気味な背中。指は長いけれど、手は小さい。その絶妙なアンバランスさが急に愛おしくなる。

自分でも何でそんなことをしたくなったのかはわからない。右手の人差し指でそっと港くんの頬に触れる。彼の肌は温かくて、そして柔らかかった。指を少しだけ動かしてみる。はっきりと自分の心拍数が上がるのがわかった。

「ごめん、俺、寝ちゃってたね」

不意に目覚めた港くんの声に狼狽し、すぐに指を引っ込められなかった。所在なく人差し指が、港くんの頬のあたりをさまよっている。

彼は僕の指には目もくれず、気持ちよさそうに精一杯の伸びをした。少しだけ白いシャツがめくれ、引き締まった腹筋と白いボクサーパンツのゴムがちらりと見える。女の子のTシャツからブラジャーが覗いていたときのように、思わずどきっとしてしまう。

「ヨーロッパの春っていいね」

「これから日が伸びるから、夏はもっといいですよ。夏至の頃は夜の10時頃まで明るいはずです」

僕は平静を装って、港くんの隣に座る。できるだけ彼を見ないようにして、メニューを目で追うものの、少しも内容が頭に入ってこない。

僕が港くんに対して抱いているのは、断じて恋愛感情ではないはずだ。だって今まで男を好きになったことなんてない。彼に対する思いは、強いて言えば、友情だとか、家族やペットに抱く愛情と近いはずだ。だけどそうした愛情と、恋人に対する恋愛感情には、どれくらいの違いがあるのだろう。

「そういえば、そろそろハンブルクのこと決めないとね。もう来週でしょ」

そうだった。僕たちは、月末にハンブルクへの旅行の計画を立てていたのだ。隼さんがアムステルダムに来るのを避けるようにスケジュールを組んでいたのだ。彼が予定を変えてすでにアムステルダムを訪れ、日本へ帰ってしまった以上、ハンブルクの話はなくなったのだと思っていた。

「別にもう行かなくてもいいんじゃないですか」

「なんで？　行こうよ」

港くんにあっさり言われたものだから、すぐに反論の言葉が出てこない。

「でも隼さんの件は済んじゃったし」

「俺が気分転換したいんだよ。だから無理じゃなかったら付き合ってよ。はい、これクレジットカード。どこでも好きな飛行機とホテル、二人分、勝手に決済しといて。セキュリティコードは７７７」

港くんが僕にカードを渡してくる。

「困りますよ」と言って、僕はそのカードを突き返す。確かに今の僕の経済状況では港くんに合わせて旅費を捻出するのは少し辛い。飛行機をビジネスとエコノミーで席を分けるのはともかく、彼が泊まるようないいホテルの宿泊費を払える余裕はない。

港くんと過ごすときにかかる費用は全て彼が持ってくれたが、それでもオリガミの欠勤が僕の経済状況に少なからぬ影響を与えていた。今月の収入は手取りで１５００ユーロ。貯金はもう１０００ユーロを切っていた。一ヶ月でも仕事が途切れてしまえば破綻してしまう計算だ。

そんな僕の心を読んだかのように先んじて港くんが言ってくれる。

「そういうとこあんだよな、お前」

港くんはふっと溜息をつくように苦笑いすると、すぐに「律儀なとこ、好きだよ。信頼できる」と言葉を足してくれた。

港くんとは、散々アムステルダムでは一緒にいるようになったが、旅行となれば親密度も変わってくる。だからこそ、僕でいいのだろうかという思いが拭えない。

本音を言えば、心がそわそわしているのも事実だ。これまでの人生で友だちと泊まりがけの旅行に出掛けたことなんてなかった。高校や大学では、卒業旅行の会話で盛り上がるクラスメイトをうらやましがるだけだった。

そんな煮え切らない態度にイライラしたのか、港くんは鞄からiPadを取り出して、飛行機とホテルの予約を始めてしまう。エコノミーなら2万円もしないKLMでの往復航空券は、ビジネスクラスだと10万円以上した。海沿いのウェスティンのクラブスイートも一泊10万円。部屋は別々だから二泊で計40万円。

つい一ヶ月の生活費で換算してしまう。仮に僕がどれだけのお金を稼ぐようになっても、自分からはビジネスクラスに乗らないし、スイートルームにも宿泊しないと思う。

「俺が日本にいるときによくつるんでたのって、器用でノリがよくて、生きるのがうまい奴らばっかだったんだよ。そのときは楽しかったよ。俺も元気だったし、毎晩のように遊んでいられた。だけど今、こんなじゃん。実際、みんな離れて行った。そんなときは君みたいに絶対に俺のことを裏切らないって確信持てる人が近くにいると安心する。本当は、はじめからそうやって人を選んでおけばよかったんだろうね」

チケットを予約しながら、港くんが独り言のようにつぶやく。その裏切った人の中に隼さんは入っているのだろうか。結局、あのバーで港くんと隼さんが会話を交わすことはなかった。あれ以来、港くんにその話をしても「よく覚えてない」と言われるだけだ。だから実際のところ、彼が隼さんをどう思っているのかはわからない。

僕たちは、時間をかけてパンプキンスープやハンバーガーを食べた。ハンブルクの話をしているときは楽しくて仕方がなかった。

トリップアドバイザーを見ながら、どこを観光しようと二人で意見を出し合う。どの博物館へ出掛けても、どのレストランで食事をしても、隣には港くんがいる。それを想像するとどうしても笑みがこぼれてしまう。そわそわした感情に気付かれるのが恥ずかしいと思って港くんを見ると、彼も楽しそうな顔をしていたので安心する。

ハンブルクの話題が一段落してからも、僕たちは他愛のない話を続けた。

港くんが住んでいた青山にあるマンションの近くには、やたらフルーツが豊富な立ち飲み屋があって、どんな時間に行っても名前も知らない誰かがいて居心地が良かったこととか、昼間はずっと家で寝ていて夕方になるとスーツを着て、仕事を終えたふりをして会食に繰り出すお金持ちの友人のこととか、何でもない話も港くんから聞くと楽しくて仕方がなかった。

意図的に避けているのか、今日も隼さんの話は出てこない。東京にいた頃の港くんと隼さんのことを想像すると、少しだけ寂しくなる。

恋人ではなかったというだけで、事件が起こる前の二人は、きっと誰よりもわかり合える唯一無二の親友だったはずだ。比べて僕は、たまたまこの街に住んでいて、時間に自由の効く便利な存在だったから港くんと仲良くなれたに過ぎない。

今でも隼さんからは定期的にＬＩＮＥが届くけれど、彼が心から港くんのことを心配しているのが痛いほどに伝わってくる。こんなにまめな人だから、きっとまだ港くんとも連絡を取り合っているのだ。僕から口火を切ってもいいのだが、港くんが隼さんのことをどう思っているのか確認するのは少しだけ怖い。

ｉＰｈｏｎｅを見ると、すでに午後3時を回っていた。もうオリガミに向かわないといけないことを告げる。

「もう行っちゃうの。寂しいな」

港くんがふざけたように言う。ビールを飲み過ぎて、酔っているだけだとわかっても、引き留められてもらえることが嬉しい。

「僕も行きたくないですよ」

そう言いながら、椅子から立ち上がろうとする。本当は今日も休んでしまいたかったが、貯金を考えると働き続ける以外の選択肢はない。別れ際、港くんが首から手を回して肩を抱いてくれた。ほんの一瞬だけ頬と頬が触れる。彼にとっては何でもない挨拶のはずなのに、無性に心が満たされた気がした。

自転車道路が渋滞していたせいで、バイト先には十分ほど遅刻してしまった。従業員用の入口から店内に入ると、餃子を仕込んでいたメグロさんと顔が合う。にやりと笑われたのでどんな嫌味を言われるのかと思って身構えたら、彼はそのまま自分の仕事に戻ってしまう。

制服に着替えてから厨房《ちゅうぼう》に戻ると、メグロさんがやたら親しげに話しかけて来る。

「最近、ヤマトくん、頑張ってるよね。時給を上げるようにオーナーに頼んでみようか。君が考えたレシピも増えたんだから、その分のお金ももらわないと割が合わないでしょう」

メグロさんの言う通り、賄《まかな》い用に作っていた牛肉とゴボウの当座煮や燻製豚肉が好評で、店の正式なメニューとして採用された。しかし少し前まで彼はレシピが複雑だと文句を言っていたはずだ。どんな風の吹き回しなのか知らないが薄気味悪くなる。

午後6時に夜の部が開店してからは、ずっと接客をしていた。祝日だが客の入りは悪くない。当座煮が注文されるたびに嬉しくなる。料理を運んでいるときも、家でよく作るニンジンとオレンジのラペとか、港くんがおいしいと言ってくれた茄子と椎茸のスープをレシピとして提案してみようとか、そんなことを考えていた。

午後10時を回って、そろそろ客足も途絶えだした頃、一人のショートカットの女性が店に入ってきた。その顔を見た瞬間、時間が止まったような気がした。

細い吊り目と小さな鼻の、角度によって不細工にも愛嬌にも見える顔。そして甘ったるい砂糖菓子のような香り。サクラだった。

彼女は、語尾を上げながら「こんばんは」と言い、目を合わせてくる。そうだ。こんな喋り方をする女だった。僕は小さく「いらっしゃい」とだけつぶやいて、すぐに厨房に戻ってしまう。

一体、何があったというのか。彼女と同棲を解消してから、一度も会うことはなかった。僕から連絡しても一切反応がなかった。どんな風の吹き回しなのだろう。

不思議なことに僕は冷静だった。つい数ヶ月前までは、あれほどサクラへの怒りに打ち震えていたというのに。そういえば最近、寝る前に世界の終わりなんて願わなくなっていた。幸福も不幸も何もかも消えた世界が来ることを、あれほど望んでいたのに。

フロアに戻ると、サクラは何の案内もしていないのに、勝手に窓際の席に腰を掛けていた。しかも慣れ慣れしく僕に手を振ってくる。お冷やとオーダー表を片手にサクラのテーブルに向かう。

「久しぶり。急に餃子が食べたくなっちゃって」

またあの語尾を上げる話し方。実際に会うのは半年ぶりだ。気のせいかも知れないが、前よりもほうれい線がくっきりとして、表情もきつくなった気がする。年齢の割に皺が目立つ指先に、指輪ははめられていなかった。

「餃子だけでいい?」

「いつものパクチーサラダとミニラーメンも。あとハイボールも頼もうかな」

まだ僕たちが付き合っていた頃、よくサクラはこのお店に顔を出してくれた。頼むのは決まって今日と同じメニュー。

彼女と付き合っていた日々が、出来の悪い映画のように断片的によみがえっていく。初めてアムステルダムに来た日、海外慣れしているサクラの背中を見失わないように必死だったこと。ホームパーティーで友人が増えていくのが楽しかったこと。浮気を追及しきれなくて僕が振られるような形になってしまったこと。一緒に住んでいた部屋から三日以内に出て行けと言われて途方に暮れたこと。家賃や生活費の引き落としのために二人で管理していたはずの銀行口座は、彼女のものになってしまったこと。

他の席をサーブしている時も、サクラはちらちらと僕のほうを見てくる。僕はできるだけ彼女を意識しないようにした。ヨーロッパ人のお客さんにわかりやすく日本食の説明をしたり、つまらないジョークを言い合ったり、なぜかいつもよりも気の張らない接客ができていた。

「ヤマト、仕事終わり、一杯飲まない？　実は相談したいことがあるの」

会計をしながらサクラに尋ねられた。上目遣いの笑顔。猫のように細い目は、よく見ると白い部分がほとんどない。肌質も荒いし、髪には枝毛が目立つ。まだ付き合っていた頃、僕が彼女のどんなところが好きだったのだろう。さっぱり思い出せない。

「ごめん、今夜は忙しいんだ」

もちろん何の予定もなかった。だけどもはやサクラと話すことは何もない。本当に深刻な相談なら、僕以外の親しい人にするべきだ。彼女は食い下がるでもなく「そっか」とだけ言って黙ってしまう。悲しそうな顔で俯《うつむ》く。そうだ、こういう風にすぐ感情を露わにする子だった。そういうところが苦手だったんだ。

会計を済ませて、彼女は店を出て行く。チップとして2ユーロが残されていた。厨房に戻ると、帰り支度をしていたメグロさんが、にやにやした顔で僕を見てくる。

「あの子って元カノだろ。彼女、噂好きだよね。気をつけたほうがいいよ」

どういう意味ですかと聞く前に「じゃあまた明日」と言って帰ってしまう。僕は皿洗いと明日の仕込みを済ませて店を出る。すると驚いたことに、サクラが店の前で待っていたのだ。

三十分以上ここにいたのだろうか。もうすっかり暗くなってしまったロステンブルゲル通り。真冬ではないといえ、この時間は意外と冷え込む。それほどまで深刻な相談事があったのだろうか。さっき冷たく断ってしまったことが急に後ろめたくなる。

「ちょっとそこまで歩かない？」

自転車のハンドルに手を掛けて立ち尽くしている僕にサクラが話しかけてきた。さすがに今度は振り切る勇気はなくて、「ああ」という曖昧な返事をする。それを肯定だと受け取ったサクラが僕の隣に並ぶ。小さな風が吹くたびに、甘い香りを鼻孔に感じる。そうだ、ディプティックの香水の匂いだ。

自転車を押したまま、何となく家のあるデ・パイプ地区を進んでいく。ちょうど一年前の今頃は、こんな風に並んで歩くのが当たり前だったはずだ。

「なんかヤマト、変わったよね。こんな垢抜《あか》けてたっけ」

「そうかな」と気のない返事をしながら、ちょうど左側にあったショーウィンドウに映る自分を見る。グレッグローレンのシャツに、アクネのデニムとオフホワイトのタグが付いたスニーカー。

そういえば今日は、上から下まで港くんがくれた服を着ている。もう二回くらい、大量の服や靴をもらった。初めは遠慮したが、クローゼットからはすぐに服が溢れてしまって困るのだという。そのせいで僕のワードローブはすっかりハイブランドばかりだ。高くて派手な服なんて自分には似合わないと思っていたのに、恥ずかしがらずに着られるようになってしまった。

HEMAのある角を曲がって、夜中まで空いているFEBOを通り過ぎる。サクラがいなければ、二十四時間営業のRoyal XLに寄っていたと思う。確か歯磨き粉が、もうすぐ切れそうだったから。彼女はなかなか本題に入らない。ユーロスターでアムステルダムとロンドンが結ばれるとか、フードハーレンの野菜寿司がおいしかったとか、そんな話がぽつぽつと飛び交うだけだった。

こんな世間話をするためにサクラは寒空の下、三十分以上も待っていたのだろうか。不毛な時間を過ごすくらいなら、港くんと連絡を取ってバーで一杯飲みたい。サルファティ公園沿いに来た頃、しびれを切らして聞いてしまう。

「そういえば、話って何なの?」

サクラは一瞬、口笛を吹くように笑った後、もったいぶって言った。

「最近、よく友だちとヤマトの噂話になるんだよ。何か聞いてる?」

それは初耳だった。別れてから、彼女の友人や知人とは一切、会っていない。むしろ僕から連絡を取っても一切の返信がなかったから、サクラの差し金かと思っていた。

「ユカリっていたでしょ。私と同級生の美容師。ちょっと前、ヤマトが俳優の渋谷隼と一緒にいるのを見たって。嘘だと思ってツイッターを検索したら、何かの撮影でアムスに来てたんだね」

隼さんとのことが、サクラたちのコミュニティで話題になっていたらしい。確かにあの日は結局、『夜警』や『牛乳を注ぐ女』など人だかりのできている絵を一緒に観てしまったから、誰か日本人に目撃されていてもおかしくはない。

サクラは執拗《しつよう》に僕と隼さんのことを聞き出そうとしてきた。どこへ行ったのか。ご飯は食べたのか。実際に会うとどんな人なのか。一緒の写真はないのか。今度また会う機会はあるのか。嫌な感じがしたので、どの応えもはぐらかした。

もちろん脱出ゲームに行ったメンバーで写真を撮ったことも、ＬＩＮＥの連絡先を交換したことも伝えたりはしない。

だけどサクラは、僕が港くんと仲がいいことまでは知らないようだ。本当は「今日も港くんとランチをしていたよ」と自慢したかった。だけどこんな詮索《せんさく》好きのサクラに港くんとのことを明かしてしまったら、一気に噂話が広まってしまうだろう。港くんにも迷惑がかかるだろうし、僕たちのことは僕たちだけの秘密にしておきたい。

サクラからの質問をのらりくらりとかわしているうちに、家まで着いてしまいそうだ。運河前の道を右に曲がったら、もう僕のアパートメントだ。さすがに彼女を部屋まで招くつもりはない。

「ごめん、明日も早いんだ」

少しだけ語尾は震えてしまったと思う。それだけを言い残すと、サドルにまたがって自転車を発進させてしまった。後ろからサクラの「えっ」という戸惑いの声が聞こえたけれど、振り向かなかった。一瞬だけ強い風が吹いて、あの砂糖菓子の香りを感じた気がする。だけどそれはすぐに、新緑と舗装したばかりのコンクリートが混じった街の匂いに紛れてしまった。見上げると月には不穏な雲がかかっていた。

いつもの急な階段を上って部屋に着くと、黒猫のアマンダが迎えてくれた。

彼女に会うのは久しぶりだ。持病が悪化して入院させると言っていたがもう元気になったのだろうか。まだ僕のことを覚えていてくれたのか、足元に寄ってくる。

バッグを肩に掛けたままソファに座る。膝の上に乗ってきたアマンダは、前よりも少し痩せた気がした。撫でてみると、すぐに骨の場所がわかってしまう。それにしても、こんなに愛想のいい猫だっただろうか。ご飯をあげるわけでもないのに、こうしてなついてくるなんて。よっぽど病院での入院が寂しかったのかも知れない。

ポケットからiPhoneを取り出すと、LINEに一件の通知マークがついていた。案の定、サクラからのメッセージだ。本当はこのままブロックしてもよかったのだが、ついクリックしてしまう。

一瞬で脈が早くなり、身体に緊張が走る。頭の中で脳血管が沸騰したかとさえ思った。それはサクラから来た新しいメッセージが間抜けなほどに腹立たしいものだったからだ。

「私、ペッテルとは別れたんだよ」

彼女の話とはこれだったのか。今さらそんなことを僕に伝えてどうしたいのだろう。まさか復縁でもしたいのか。一つ前のメッセージは彼女の「もう連絡しないで」という宣言で終わっているのに。

思わず「今さら」という独り言が口に出てしまう。

一方的に別れを告げて、芸能人と仲良くなったから付き合いたいなんて、あまりにも都合が良すぎる。呪詛《じゅそ》の言葉をＬＩＮＥに打ち込もうとしていたら、アマンダが黄色い目で僕を不思議そうに覗き込んできた。

アマンダの頭を撫でながら我に返る。これ以上、サクラになんて時間を使っても仕方がない。僕を裏切っていった誰かに構うなんて馬鹿らしい。僕はメッセージを返信する代わりに、彼女とのトークルームを削除した。その瞬間、アマンダは膝の上で満足げな鳴き声を上げる。「それでいいのよ」と言われたような気がした。

「人間って勝手なものだよね。アマンダもそう思わない？」

そう話しかけてみるものの、今度は何の返事もなかった。急に風が吹いて白いブラインドが揺れる。窓が開いたままになっていたのだ。そんなわけはないのに、砂糖菓子の香りがした。

まだ東京にいた頃、サクラと出掛けたスカイツリーを思い出した。帰り道、浅草まで伊勢崎線の高架下を歩いた。彼女は何度も僕に疲れてないか聞いてくれた。私の行きたい場所ばかり連れ回してごめんね、と。その時、居心地がいいのに気遣いもできる子なんだと知って、きちんと付き合おうと思ったんだった。

何でそんな昔の記憶がよみがえってしまうのか。アマンダを抱いたまま立ち上がり、慌てて窓を閉めた。もちろんサクラなんていないとわかっているのに、できるだけ外を見ないようにして、ブラインドの紐《ひも》を勢いよく引いた。

4月30日

旅行の日はあっという間にやって来た。

アムステルダムからハンブルクまでは一時間足らずで着いてしまう。KL1781便は、雪のように白い雲をくぐり抜けて、ハンブルク空港へと降下していく。機体の小さな窓からは、滑走路と、その先の眩しい緑が見えた。人形の家のように見える住宅街のすぐ上を飛行機は通過していく。どの窓の向こうにも僕を知る人がいない、まるで初めての街だ。黄色い管制塔が近付いてくる。

着陸の瞬間、重低音と共に身体中で重力を感じた。飛行機が完全に止まってベルト着用サインが消えると、一斉に乗客たちが立ち上がって、荷物入れの扉を開ける。

真っ赤なシュプリームのスーツケースを取り出しながら、港くんとさっきまでの会話の続きが始まった。

「それからサクラちゃんには会ってないの?」

「何度かＬＩＮＥは来るんですが無視してます」

「それでいいよ」

しばらくすると前方の入口が開き、ビジネスクラスの客から外へと誘導される。タラップを使って、機体から降りると、ひやりとした風を感じた。オランダではあまり見かけない黒い森が空港の周囲に広がっている。

「優雅に暮らすことが最高の復讐って言葉、知ってる？　スペインの諺《ことわざ》らしいんだけどさ。俺も日本を離れた頃は念仏みたいに唱えてたよ」

港くんはスーツケースを引きずりながら笑う。こうやって港くんと話していると、サクラのことは本当にどうでもよくなってくる。それなのに飛行機の中で、わざわざサクラの話をしてしまったのは、港くんに構って欲しかっただけなのかも知れない。

Ｕｂｅｒを起動したが、ハンブルクでは利用ができないようだ。仕方がないのでタクシー乗り場まで歩くことにした。整然とした到着ターミナルの中を歩いて行く。二人だけの旅行。知らない人からはどう見えるのだろう。仲のいい友人かそれとも恋人なのか。どちらにしても、誇らしい気持ちが芽生《めば》えてくる。

タクシー乗り場はすぐに見つかった。運転手には「エルプ」と伝えるとすぐに理解してくれた。この街ではＦＲＥＥ ＮＯＷという配車アプリが一般的なことを教えてくれる。トランクに荷物を詰め込むと、いささか乱暴に車は発進した。

ホテルまでは三十分程度かかるという。小さな車体のタクシーだから、カーブを曲がるたびに港くんと身体が密着してしまう。

いつもの、ミカンと桃を混ぜたような香り。身体の右半分だけが温かくなる。そういえばもう、どれだけの間、僕はきちんと人肌に触れていないのだろう。サクラとのセックスを思い出してしまいそうになり、あわてて別のことを考える。

狭い座席のできるだけ端に寄って、車窓からの風景を眺めた。まるで情緒不安定の女子高生のように、空の色や雲の形がどんどん変わっていく街だと思った。空港を出るときに降っていた小雨はいつの間にか止み、ホテルが見えてくる頃には雲間から眩しい光が降り注いでいた。

ホテルは海沿いに建てられたエルプフィルハーモニーの上階に位置する。昔からある埠頭倉庫の真上に、波の形をしたガラス張りのビルを載せたという奇抜な建築物で、2017年に開業したばかりだという。

「もともと7700万ユーロで造れるって言ってたのに、結局は十倍以上かかったんだって。日本のオリンピックも色々と騒がれたけど、どの国も変わらないんだな」

港くんがWikipediaを見ながらエルプフィルハーモニーの解説をしてくれる。

タクシーからスーツケースを出すと、ロビー階までエレベーターで上がる。

フロントではそばかすが多くて愛嬌のある女性が僕たちに微笑みかけてくた。

「このホテルは初めてですか。ハンブルクは素敵な街ですよ。朝食やバーはこのフロア、スパとフィットネスは7階です」

彼女から部屋番号の書かれた紙と共に、それぞれ二枚のルームキーを渡され、エレベーターに向かう。まだ時間は午後3時前だった。本当に天気が安定しない街なのだろう。大きな窓の外では重い雲が雨を降らせようとしていた。

「どこか行きます？　ちょうど中途半端な時間ですよね。今から博物館に向かっても到着する頃には閉館直前だろうし。傘を借りて、このあたりを歩いてもいいですけど」

「でもさ天気もよくないしね。夕飯までサウナでも行く？　日本でもサウナって人気じゃん。まあ流行らせた人は鬱病《うつびょう》になったらしいけど」

「いいですね」

自然に即答していた。東京にいた頃は同僚や上司からサウナに誘われたこともあるが全て断っていた。おじさんたちの社交場というイメージがあったし、いわゆる裸の付き合いは気まずくなりそうで嫌だった。

「今はあんまり行かないけど、東京じゃクスリを抜きたいときによく通ったな」

港くんが独り言のようにつぶやく。笑っていいのかわからず「へえ」という気の抜けた返事をしてしまう。今でもポッパーズやコカインは吸っているのだろうか。

僕たちの部屋は隣同士だった。それぞれ荷物を置くために立ち寄る。普段住む部屋の何倍もありそうな広さに思わず苦笑いしてしまう。きちんとリビングとベッドルームが分かれている。天井から床まである大きな窓からは、エルベ川の湾口がよく見えた。いくつものクレーンがコンテナの積み下ろしをしている。ハンブルクはハンザ同盟の時代から貿易の中心地であり、今でもドイツ最大の物流拠点なのだという。

スーツケースをクローゼットの中に押し込んで部屋を出ると、港くんがエレベーターの前で待っていてくれた。一緒に7階のスパフロアへと向かう。

受付で名前を書いて、水着をレンタルした。「ここを真っ直ぐ行って左です」と更衣室を案内される。途中でロッカーの鍵を一つしか渡してくれなかったことに気付いたが、面倒なので二人で共有することにした。

僕が脇目でちらちら見ているのも気にせず、港くんはTシャツとデニム、そしてボクサーパンツを脱いで、青い水着を身にまとう。今さら何も恥ずかしいことはないのに、僕は途中でトイレに行くと言って鍵を借り、彼より少し遅れてサウナへ向かった。

かなり大規模なスパのようで、20メートルプールの横には、いくつかの種類のサウナが用意されていた。家族連れで賑やかなプールの脇を通って、僕たちは高温サウナの扉を開ける。

熱風と檜《ひのき》のいい香りが飛び込んでくる。まるで薄暗い洞窟の中のような暗い部屋だった。壁に向かって階段状になったサウナには、数名の先客の姿が確認できた。肌の表面に熱気がぶつかってくる。異世界に迷い込んだような気分だ。

僕たちは入口に近い場所に腰を下ろそうとする。すると太った中年女性が、なぜか僕たちをたしなめるように、少し怒気を含んだ声で話しかけてきた。

「Badebekleidung zu tragen ist in deutschen Saunen verboten.」

音を詰め込んだようなアクセントで急に話しかけられる。ドイツ語だということはわかったが、もちろん理解できない。咄嗟《とっさ》に困った笑顔を浮かべるものの、太ったおばさんの表情は緩まない。

だけど港くんは「Wirklich?」と言って、驚いた顔と手を広げるジェスチャーをして見せる。おばさんは真面目な顔をして深く頷いている。

「港くん、いつの間にドイツ語が話せるようになったんですか」

「俺ら、一度ここを出たほうがいいみたい」

港くんに腕を引かれて、サウナルームの外に出た。その力が思いのほか強かったことにびっくりしたが、事情のよくわからない僕は従うしかない。

「もしかして僕たち、間違って女性用のサウナに入っちゃったんですか」

「いや、ドイツのサウナは混浴でいいらしいんだけど、水着で入るなって。ほら、ここにも書いてあるね」

港くんがサウナの外に貼られた注意書きを指差した。確かにドイツ語と英語で、サウナ内で水着を身につけるなと書いてあるようだ。僕は港くんの顔を見た。だけど彼は苦笑いをすると、さっさと青い水着を脱いで全裸になってしまう。そしてタオルを持って、さっきのサウナルームに入って行った。

僕だけが戻らないのもおかしいと思い、穿いたばかりの水着を脱ぎ捨てて、近くの棚にたくさん置いてあったタオルを急いで巻いた。

サウナの中ではもう港くんが座っている。暗くてよく見えないが白いタオルを身体の下に敷いて、全裸のようだった。さっきよりも少しだけ離れて隣に座る。何となく気恥ずかしくて僕はタオルを腰に巻いたままだったが、さすがに今度は注意されない。

だんだん目が慣れてくると、僕たちを注意した太ったおばさんも、一糸まとわぬ姿でトドのように横になっているのがわかった。ストーブの向こう側では、絞りきった雑巾のように痩せ細った全裸の高齢男性が物思いにふけっている。本当にドイツでは混浴の上、全裸でサウナに入るのが当たり前のようだ。

まだ数分もしないのに、全身から汗が染みだしてくる。すぐ隣にいる港くんも同じようだ。引き締まった身体中の汗がきらきらと、薄暗い照明の反射で光っている。ぼんやりと虚空を見つめる横顔は、苦痛を我慢しているようにも、快感を抑えきれないようにも見えた。

自然と視線は下へと向かう。身長のわりにはしっかりとした肩幅。角張った鎖骨には汗がたまっていた。ほどよく筋肉のついた腕からは、いくつもの血管が浮かんでいる。そして少しも出ていないお腹。足の位置のせいで、その下に隠れているものが見えなくてほっとした。

それなのに、自分の下半身に違和感を抱いた。まさかと思って下を向くと、自分が少し勃起しているのがわかった。

「ヤマト、あと何分くらい我慢できる?」

港くんから小声で話しかけられる。

「まだ大丈夫です」

そんな他愛のない会話の最中も勃起は収まらない。僕は、しっかりとタオルを巻いているとはいえ、港くんにばれないか心配だった。

できるだけ彼を見ないようにすると、自然とおばさんの巨体に視線が向かう。全くくびれがない身体は、さながらマトリョーシカや起き上がり人形のようだった。優に100kgを越えているのだろう。大きな焦げ茶色の乳輪と乳首を見ていたら、実家の仏壇に置いてあった木魚を思い出した。

おばさんの身体を眺めていれば、少しは下半身の昂《たか》ぶりが収まるかと思ったら、タオルがますますしっかりと膨らんでいく。港くんではなく、僕はこのおばさんに興奮している。いっそ、自分にそう言い聞かせようとした。

「俺、もう限界だ。一度、出るね」

立ち上がった港くんは僕の前を横切って、サウナの外へ出て行った。タオルは腰に巻かずに手に持っていたらしく、下半身の様子がしっかりと見えてしまう。もちろん彼は勃起なんてしていない。

本当はすぐにでも後を追いたかったけれど、それから数分間、じっくりとおばさんの身体を観察して、ようやく部屋を出ることができた。

タオルを巻いたまま清潔な廊下を進んでいくと、広くて真っ白なラウンジに出た。港くんは白いバスローブをまとい、ビーチチェアに寝っ転がりながら水を飲んでいる。

「本当はサウナ十二分、水風呂一分を何回か繰り返したほうがいいんだっけ」

「整うっていいますよね。世界と自分が一体化した感覚を味わえるらしいですよ」

「じゃあ、ドラッグのほうが効率的じゃんね。日本で流行ってるのは薬物に厳しいからだろうけどさ。どっちが身体に悪いんだろう」

そう言って港くんは笑う。僕はまた笑っていいのかわからずに、曖昧に頷く。

僕たちは水風呂には入らずに、スチームサウナに向かうことにした。さっきよりも小さな部屋で、先客は一人しかいなかった。若くて金髪の、背が高い男性だ。軽く挨拶だけをして、僕たちは彼の隣に座る。蒸気で視界が悪いから、さっきのように緊張せずに済む。

「ハンブルクは観光で来たの？」

急に金髪の男性から英語で話しかけられる。年齢は二十代後半だろうか。少し訛《なま》りのある英語で話す。スカンジナビアの人かも知れない。

「そうだよ。気分転換したくてね」

港くんが悠長な英語で答える。言い回しが洗練されていて、様になっていた。

「俺も一昨日から来てるんだけど、いい街だね。レーパーバーンは行った？　俺はスタークラブの記念碑を見たかっただけなんだけどさ」

「ってことは音楽してるの？」

「よくわかったね。実は、昨日はエルプで演奏してたんだよ」

金髪の彼はベーシストだという。バンドのサポートメンバーとして、ヨーロッパのツアー中らしい。この三日間はライブのため、ハンブルクに滞在するのだという。スタークラブはビートルズが演奏したことで有名なライブハウスだ。

彼は僕たちが日本出身だと気付くと、村上春樹の話をしてくれる。英語で『Absolutely on Music』という本を読んだことがあるという。

彼もまたタオルで身体を隠していない。濃いスチームの中でも、隆々とした筋肉や、引き締まったボディラインが見えた。そして包茎の下半身も。さすがに今度は勃起しなくて安心する。昔の僕は、こんな風に同性の裸をじっくりと眺めていたのだろうか。港くんを意識するようになる前のことをうまく思い出せない。

ベーシストの彼と港くんは音楽の話で盛り上がっているようだ。港くんも気を許したのか、自分が俳優であることを明かす。ステージから見える風景。有名人になることの大変さ。アウトプットばかりになってインプットが減っていく恐怖。二人は共通の話題で盛り上がっている。

「ごめん。クラクラしてきたから、先に出るね」

僕はなかなかその話に入っていけそうになかったのと、スチームサウナの蒸し暑さに嫌気がさしたので、先に部屋へ戻ることにした。港くんが腕に巻いていた更衣室の鍵をもらう。どうせロッカーにはルームキーと着替えしかないので、鍵は開けたままでいいという。

真っ白い廊下を通って一人で更衣室に戻る間、高校の頃の文化祭前を思い出していた。放課後、本当はみんなの輪に入りたかったのに、勝手な言い訳を考えて孤独に帰り道を急ぐ。誰も見ていないと知っているのに、わざわざ下駄箱で腕時計を何度も確認するふりまでしていた。僕は予定があって帰るんですよと、誰にも届かないアピールをするために。

中途半端な自意識が爆発していて、仲間になりたいの一言が伝えられなかった。自分はあの頃から何も変わっていないんだと気付かされる。たまたまサクラだとか、港くんだとか、積極的な人が僕に構ってくれることで生活が変わっただけで、僕自身は地味で消極的な性格のままなのだ。

本当はサウナの中では、下手な英語でいいから村上春樹の話をすればよかった。そういえば『ノルウェイの森』の冒頭はハンブルク空港から始まったよねとか、のっぺりとした空港ビルの上に立った旗を見たかとか、口にできたはずの話題が今さらたくさん浮かんでくる。

そんなことを考えながら更衣室でゆっくりとシャワーを浴び、わざと念入りに髪を乾かしていた。港くんと金髪のベーシストもサウナから上がり、三人でご飯でも行こうとなったら、今度こそ積極的に会話に加わろうと決めていた。だけど彼らはなかなか更衣室に戻ってこない。仕方なく一人で部屋に戻った。

扉を開けると大きな窓から、明るい光が飛び込んでくる。すっかりと重い雲は過ぎて、春の太陽光がエルベ川に乱反射していた。港くんが戻ってくるまで軽く眠っておこうかなとベッドルームまで行き、横になろうとした時に気付いた。赤いシュプリームのスーツケースが床に転がり、いくつもの服が乱暴に取り出されているのだ。

間違って港くんの部屋に来てしまったらしい。ロッカーにあった鍵を持ってきたのだが、そういえば自分の部屋の鍵はデニムのポケットに入れたままだった。

スパまで返しに行こうと起き上がろうとしたとき、ガチャリという音がした。きっと港くんだ。ホテルのスタッフに開けてもらったのだろうか。それとも鍵は二枚あったのかも知れない。

笑って港くんに鍵を返そう。そう思ったのに、なぜか話し声が聞こえる。そっと玄関を覗くと、港くんとさっきの金髪のベーシストがキスをしているのが見えた。思わずベッドに隠れるように身を潜める。僕がサウナを出た後、二人で意気投合したのか。彼もゲイかバイだったようだ。

どうしてなのか、胃が締め付けられたような気がする。港くんが誰とでもキスをする人だということは、初めからわかっていたのに。キスどころではない。出会ったその夜にコーヘイとはセックスまでしていたじゃないか。さっきのサウナでドイツ語を話していたのも、さしずめドイツ人のボーイフレンドでもできたからだ。彼が性的に奔放なのは、何一つ驚くことでも、悲しむことでもない。

本当は少しだけ、何も気付かないふりをして二人の前に出て行こうと思った。彼らのキスを邪魔してしまいたかった。だけど、さすがにそんな野暮なことはできない。しゃがんでみると、ベッドの下には十分な隙間があった。自己嫌悪に陥りながら、物音を立てないようにして潜り込む。

港くんとベーシストはくちゃくちゃくちゃという大きな音を立てながら、何度も何度もキスをしているようだ。唾液同士の絡まる音が部屋中に響き渡る。埃《ほこり》っぽいベッドの下で、彼らがベッドへと近付いてくる気配を感じた。シャツのボタンが擦れる音、ベルトを外す金属音、そして無邪気な二人の笑い声。

もしかしたら僕は、金髪のベーシストに嫉妬しているのかも知れない。彼は、初対面から一時間もしないうちに港くんとキスをして、セックスまで始めている。僕と港くんは出会って二ヶ月経つのに、冗談のようなキスをたった一度したことがあるだけだ。

僕たちがセックスをすることは、きっと永遠にない。

港くんは芸能人で、僕はただの一般人で、男が好きなわけではないから。どんなに仲良くなっても、せいぜい隣で肩を抱いて、励まし合ったりして、言葉で通じ合うしかない。だけどベーシストとの彼はあっさりと一線を越えていった。

それがとてもうらやましい。悔しさに唇をぎゅっと結ぶ。

ポケットの中でiPhoneが震えた。マナーモードになっていたことに安堵《あんど》しながら、取り出すと、なぜかLINEに通知が十件以上来ていた。しかも送信元は大学の同級生や、電器屋時代の職場の同僚たちからだ。

もう半年以上やり取りをしていない人たちからのメッセージが殺到している。まさか家族の誰かが事件でも起こしたのか。いや、あの地味な田舎の家でそんなことがあるはずがない。

一体何の用だろうと訝《いぶか》しがりながらメッセージを開いていく。

「こんなのがネットでバズってるけど大丈夫?」

電器屋の同僚だった中野さんからのメッセージには、ネットニュースのリンクが記されていた。長いURLをクリックしようとした瞬間、思い切りベッドのスプリングが揺れた。港くんたちの荒い息が聞こえる。ついに彼らは本格的にセックスを始めようとしているのだ。どちらかがどちらかの服を乱暴に脱がせる音、舌で身体を舐《な》める音が、すぐ真上から響いてくる。恥ずかしくなって、耳が赤くなっていくのがわかる。もうずっと耳を塞いでしまいたい。

だけどもう僕にはどうすることもできない。幸い部屋は明るいままなので、スマートフォンの照明がベッド下から漏れることもないだろう。LINEのメッセージにあったURLをクリックする。

港颯真がオランダで薬物生活！　ゲイ疑惑を裏付ける新恋人か（デイリー新潮）

鎖国政策下の江戸時代、幕府の重鎮や知識人たちはオランダからもたらされる情報で世界とつながっていたという。アヘン戦争やペリー来航の情報は『阿蘭陀《オランダ》風説《ふうせつ》書《がき》』で伝えられ、杉田玄白は『ターヘル・アナトミア』で欧州の医学に触れた。

そんな日本と関係の深いオランダから興味深いニュースがもたらされた。写真週刊誌で薬物疑惑を報道されたことを受け、芸能界を引退した港颯真氏（27）がオランダで悠々自適の生活を送っているのだという。

さるアムステルダム在住の日本人は、最近の港氏の様子を次のように語る。

「人目を気にせずに、真実の自分を曝《さら》け出しているようですよ。彼にとって日本は生きづらい社会だったんでしょう。各国から集まる同世代の友人たちと毎晩のようにパーティーをしているようです。もちろんあっちはいくらでも入手し放題ですからね」

ご存じの通り、オランダはドラッグ大国。大麻を初めとした薬物を合法的に入手することができる。どうやら港氏は、日本では決して許されない薬物まみれの生活を送っているようなのだ。彼のインスタグラムには、充血した目で踊り狂う姿なども投稿されている。

しかしお楽しみはそれだけではないらしい。オランダ旅行者がSNSに投稿した一枚の写真から、新しいスキャンダルが浮上した。

場所は運河沿いの瀟洒《しょうしゃ》なカフェ。そこで港氏が人目もはばからず、ある人物を熱く抱擁しているのだ。しかも写真を見る限り、相手はイケメンのアジア人男性。年齢はまだ20代だろうか。恍惚とした表情を浮かべている。

「オランダは同性愛者に優しい国一位に選ばれたこともあるくらい、LGBTが生きやすい場所です。街中で同性同士が抱き合う姿は決して珍しくありません」（欧

州事情に詳しいライター）

度々、芸能界復帰の噂が取り沙汰されるものの、なかなか実現しない港氏。その背景には、楽しすぎるオランダ生活があるようだ。同性愛とドラッグというヨーロッパの先駆文化を体現する港氏は、さながら現代の蘭学研究者と言えるのかも知れない。

記事を読み終わる頃、僕の下半身はまたすっかり勃起していた。もう何が原因かを考えたくもない。

ベッドの上で、港くんたちは何度も体勢を変えながら抱き合っているようだった。繰り返しベッドが大きく揺れる。ベーシストの低いあえぎ声。港くんの苦しそうな吐息。そして長いキス。彼らの様子を想像するたびに下半身が熱くなる。身体中の血液がその一点に集まっている気がする。喉の奥からは変な声が出そうになった。唾液まで過剰に分泌されているのかも知れない。きっと耳も赤くなっている。誰にも見られてもいないのがせめてもの救いだと思った。

きっともう二人とも裸になっているのだろう。さっきサウナで見たばかりの港くんの腕が、ベーシストの腹筋を優しく撫でる姿を想像して、また下半身が熱くなる。あの指先に愛撫されるのはどんな気持ちなのだろう。

努めて冷静にネットニュースを読もうとするが、こちらはこちらで信じられないことが書かれていた。何と僕が港くんの「新恋人」だというのだ。記事には、港くんとモザイクのかかった僕の写真が掲載されていた。

あのときだ。デルフトで港くんにいたずらされて運河に落ちそうになった瞬間。本当は転びそうになった僕を守ってくれただけなのに、確かに抱き合っているようにも見える。

調べてみると、元々のSNSの投稿写真では、ばっちりと僕の顔が写っていた。ぶてしい一重、重い前髪、少し尖った鼻。拡大すれば、はっきり僕だとわかる。デルフトに旅行に来た女子大生が撮影した一枚の写真が拡散してしまったらしい。

僕のような一般人を「新恋人」と間違えるなんて週刊誌もいい加減なものだと呆《あき》れるが、なぜか悪い気持ちはしない。今、僕のすぐ上に裸で男と抱き合っている港颯真の「新恋人」が、この僕だなんて。そんなことはあり得ない。あり得ないけれど、もし本当にそうなったら。二人してスーツか何かで着飾って、どこかの街角を歩く。誰かが気付いて僕たちを写真に収めようとする。

くだらない妄想が浮かびそうになって、すぐに打ち消す。港くんは「新恋人」どころか、さっき出会ったばかりの男とのセックスに夢中なのだ。僕のことなんてきっと今はきれいさっぱり忘れているに決まっている。

そんなことを考えている間にも、次々とLINEやFacebookで新しいメッセージが送られてきた。

「港くんと恋人ってマジ?」「サクラとは別れたの?」「これってヤマトだよね」。地声よりも少し高い港くんのあえぎ声。飽きずに何度もキスをする音。せめてスマートフォンに意識を集中させたいのに、ベッドは揺れ続けている。「こういうの炎上っていうんだよね」「よかったら相談に乗るよ」「俺は差別しないから」。港くんの呼吸が速くなる。苦しそうで切ない声。今まで僕が聞いたことのない声。「今度、紹介してよ」。一定間隔で訪れる肌と肌がぶつかる音。「サインくらいもらえるでしょ」。港くんの吐息が、少しずつ小さくなる。

スマートフォンの画面を手繰るのは止められないし、港くんたちが抱き合う音を聞くのも止められない。平常心になろうとするほど、なぜかベッドの上で起きていることを想像してしまう。今、港くんはどんな顔をしているのだろう。何を考えているのだろう。苦しそうな、気持ちよさそうな顔が思い浮かぶ。

港くんの頭の中にきっともう僕の存在はない。それなのに、僕はこんなにも港くんのことを考えざるを得ない状況にいる。一体、何に意識を集中させていいかわからない。心臓がばくばくして、苦しくて、気持ちいい。うっかりすると右手を股間のあたりに持っていきそうにもなるが、それだけは何とか我慢する。

ベーシストが大きな声を吐き出して、ようやくベッドの揺れが収まった。彼らは荒い息のまま笑い合っている。僕はスマートフォンを脇に置き、二人の声に耳をそばだてた。だけど大した会話をするでもなく、ベーシストは服を着て部屋を出て行ってしまったようだ。港くんもベッドの上から「会えてよかったよ」と見送るだけで、あまりにも素っ気ない。男同士のセックスというのは、こんなに淡泊なものなのか。

玄関のドアが閉められたのと同じタイミングだった。

「おい、ヤマト、もう出てきていいよ」

その声に身体中の臓器が破裂しそうになるほど驚いた。まさか僕がベッドの下にいたことがばれていたなんて。港くんがニヤニヤしながら、ベットカバーをめくって僕と目を合わせてくる。一気に冷や汗が滲《にじ》んできた。まるでいたずらがばれた子どものように、自分の顔が赤くなるのがわかった。

「なんで気付いたんですか」

僕はベッドの下で横になったまま、まぬけな質問をしてしまう。

「ボイスレコーダーで撮ってやりたかった。お前さ、変な声、出してたよ。自覚なかったの？」

すくむような恥ずかしさでベッドの下から出ると、港くんは片手で頭を支えながら、優雅に寝転がっていた。もちろん全裸だ。港くんのほうがよっぽど恥ずかしい格好をしているにもかかわらず、僕のほうが居心地が悪い。膝がガクガクしてしまう。

「あいつさ、サウナの中ではインテリぶってたくせに、セックスは乱暴なだけで散々だった。強く突いてくるばっかでさ。だからヤマトがいて助かったよ。途中からは、お前に聞かれてるんだって想像して、何とか興奮できた」

本気とも冗談ともとれないことを言って港くんは微笑む。だけど僕は彼の顔を直視できずに、思わず壁のほうを向いて目を背けてしまう。まるで上級生のセックスを校内で目撃してしまった、童貞の中学生のようだ。僕の動揺を知ってか知らずか、港くんは裸のまま、ベッドの上を這《は》って近付いてくる。

「だから俺さ、中途半端なままなんだよね。あのベーシストが射精だけして帰って行ったからさ」

耳元で囁《ささや》かれる声に、動悸が速まる。心臓の中で、血液があちこちにぶつかって、強く跳ねたような気がした。肋骨が折れたのかと勘違いするほど胸が痛くなる。

「ねえヤマト、続き、手伝ってくれない？」

その息は少しもアルコール臭くはなかったのに、初めて会った日のことを思い出した。あの日、港くんにキスをされたときは、あまりにも突然のことで何が起こったのかわからなかった。だけど今度は違う。彼の問いかけに応えると、何が待っているのだろう。そのまま振り向いて、僕からキスを迫ったらどうなるのだろう。

港くんが笑いながら「嘘だよ」とおどけるのと、僕が我に返るタイミングはほとんど同時だった。左手に持ったままのiPhoneを彼に見せる。

「それどころじゃないんです」

ちゃんと気が付いてよかった。彼は港颯真なのだ。僕のような一般人を本気で相手にするわけがない。

渡されたiPhoneを手に、港くんは注意深くネットニュースを読んでいく。僕としては早く何か身にまとって欲しかったが、それを言うタイミングを逸《いっ》してしまった。さっきの仄暗《ほのぐら》いサウナと違って、しっかりと港くんの全身が見える。

「あのさヤマト、前から言おうと思ってたんだけど」

iPhoneから目を上げた港くんが、真面目な顔をして僕の顔を覗き込んでくる。

「スマホ、買い換えたら？　割れた画面じゃ見にくいでしょ。俺がちょっと前まで使ってたの、いる？　それか買ってあげようか」

「からかうの止めて下さい。大変なことになっているんだから。そんな格好でいないで、早く服、着て」

混乱のあまり、いつもと違う乱暴な口調になってしまう。ベッドには茶色の小瓶が落ちているのが見えた。ポッパーズだろう。マットレスにこぼれてしまったせいか、マジックインクのような臭いが僕にもわかるくらい、部屋に充満していた。

とにかく冷静になろうと思って、一度トイレへ行くことにした。

便器の前に立つと、一応は尿意を感じたのでデニムとパンツを下ろす。情けないことにボクサーパンツがほんの少しだけ透明な液で濡れているのがわかった。僕は一体、どうしてしまったのだろう。

気を取り直して部屋に戻ると、港くんが服を着ているところだった。バレンシアガのフーディーに、バーバリーのブラックパンツ。ソファに腰掛けて白い靴下を穿こうとしているところだった。

「おい見んなよ。恥ずかしいじゃん」

「さっきまで全裸だった人が何を言ってるんですか」

「素っ裸はいいんだよ。人ってさ、靴下を穿いたり脱いだりするときが、一番まぬけで、一番無防備じゃない？」

港くんの問いかけには応えないで、サイドテーブルに置かれたｉＰｈｏｎｅを手にする。そういえばサクラには一秒だって渡したくなかった自分のスマートフォンを、あっさりと港くんに預けている。それほど僕は彼を信頼しているということなのだろう。

通知の数は35まで増えていた。その中にはサクラからのＬＩＮＥもあった。トークルームを削除しただけで、ブロックまでしなかったことを後悔する。今さらメッセージを読む勇気なんてない。

「じゃあ、いい時間だし夕飯でも食べに行こうか」

「え？」

思わず驚きの声を出してしまう。この人は何てのんきなのか。自分がアムステルダム在住だとニュースで報じられてしまった上に、僕が新恋人という間違った情報が世の中に垂れ流されているというのに。

「さっきのベーシストにおすすめのレストランは聞いたんだけど、セックスの相性が悪い人間とは食事の好みも違うと思うんだよね。ヤマト、こっちの食べログみたいなサイト知らない？」

「ヨーロッパの人がよく使うのはElite Travelerです。って、そんなことはどうでもよくて、僕たち、悠長《ゆうちょう》にご飯を食べてる場合なんですか」

港くんは僕を無視して自分のｉＰｈｏｎｅでレストランを探して、「ここなんかいいんじゃない」と言って、テーブルというお店をそのまま電話で予約をしてしまった。

「二つ星だって。日本から来たって言ったら、席を空けてくれた。そんな遠くないみたいだから歩いて行こうか。一応、ジャケットかシャツにしておくか」

港くんがスーツケースから何枚か服を取り出して、僕のために見立ててくれる。

大きな鏡の前で服を選びながら、鼻歌まで口ずさんでいた。そういえば彼の歌を初めて聞く。話すときよりも少しだけキーが上がる、柔らかくて透明感のある歌声だった。どこか物悲しいメロディーの歌なのに、不思議と心が落ち着いていく。港くんの、大げさなくらい陽気な表情のせいかも知れない。何がそんなに楽しいのだろう。

結局、サンローランの黒いシャツを貸してもらうことになった。港くんも着たばかりのフーディーを脱いで、無地の白いＴシャツにセリーヌのジャケットを羽織る。

ホテルを出て、川沿いの道を進んでいく。臨海部には、張り巡された運河の隙間を縫うように、堅牢な倉庫群が建ち並んでいた。何か厳密な規則があるのかと疑うほど、歩道橋の手すりまでデザインに統一性がある。

相変わらずこの街の空は落ち着きがない。歩いている間にも、刻々と色を変えていく。西からの大きな雲が夕日をたたえながら、静かに建物の向こうへ流れていった。いつの間にか僕たちの影も長くなる。

レストランまでは二十分くらいあるようだった。だけど僕が何を話しても、港くんは、明日どこに行こうとか、何を食べようとか、そんな話しかしてくれない。

「港くん、僕の話、真面目に聞いて下さいよ」

「だから聞いてるって。俺らのことが日本で炎上してるんだろ。でもさ、どうにもできないじゃん。確かに間違いもあるけど、そういうのは訂正しても仕方ないんだって。それよりも明日、ミュージカルとサーカス、どっちを観るか決めようよ」

港くんは無邪気に笑いながら、ハンブルクの観光情報を検索している。僕は納得できないままポケットからiPhoneを取り出す。さすがにもう新しい通知はなかった。日本時間で深夜になったからだろう。

そういえばまだSNSの反応を見ていなかった。これだけ知人たちが連絡をしてきたということは、僕の名前や身元も特定されているのだろう。

だけどツイッターで検索をしようとした瞬間、港くんから「だめだよ」と睨《にら》まれて、iPhoneを取り上げられる。

「エゴサーチなんてしてもいいことないからな」

僕はiPhoneを取り戻そうとして、港くんの腕を摑む。

「返して下さい。港くんはいいんですか。恋人でもない僕なんかとニュースになって困りますよね。間違ってることは間違ってるって言ったほうがいいんじゃないですか」

「こんな風に腕を摑んでると、また俺ら、誤解されちゃうかもよ。ハンブルクの桟橋で痴話げんかしてるって」

冗談めかして港くんが言う。僕は腕を引っ込める。確かにどこで誰に見られているかわからない。ハンブルクにも日本人はいるだろう。港くんはサングラスも帽子もしていないのだ。

観念したように、港くんは僕を見つめて真面目な表情になる。西日がその端正な顔を照らして、輪郭線がくっきりと浮かび上がる。

桟橋にはまだ雨の匂いがまとわりついたままだった。倉庫群の向こうに広がる空は、少しずつオレンジ色の占める面積が増えていく。スカイラインの一角を占める聖堂からだろうか。夕刻を告げる鐘の音が静かに響く。

「あのさ、俺のドラッグ騒動、覚えてるだろ。テレビとか週刊誌とかネットとかで散々、騒がれたでしょ。その中にはよく調べたなっていう本当の記事もあれば、事実無根の真っ赤な嘘もあった。何回も反論したくなったよ。これは違うんだって。本当は今だってさ、言いたいことはたくさんあるよ。でもね、何か言うと絶対に揚げ足を取ってくる馬鹿共がいる。しかも世間は勝手気ままだからね。あいつらは、何かが起こると烈火のごとく誰かを糾弾するくせに、すぐにそのこと自体を忘れていくんだ。そんなに正義を掲げるんだったら、一生、その正義を追及し続けろよと思うんだけどね」

港くんは子どものように、無邪気に笑っていた。今まで彼のことをよく笑う人くらいにしか思っていなかったけれど、彼は嬉しいときにも、悲しいときにも、そして怒ったときにも笑うのだ。だって今の彼の言葉は熱を帯びていて、明らかにそれが愉快な感情ではないことがわかる。僕を説得しようとして、いつの間にか彼自身の不快な記憶を呼び起こしてしまったようだ。

「俺のしたことに対して『想像力の欠如』って言ったコメンテーターのことは絶対に許さない。想像力が欠如してるから薬物にも手を出すし、世間を騒がせるんだってさ。確かに俺が本当に想像力豊かな人間かなんてわからないよ。でもさ、ある人間がある決断や発言をするまでに、どんな葛藤《かっとう》や戸惑いがあったのか、お前は本当にわかるのかって思ったわけ。その想像力とやらは、本当に俺のことを考え尽くしてくれたのか、って。別に弱者ぶる気なんてないけど、俺にも誰にもいえない弱味くらいあるからさ。そういう葛藤を全部すっ飛ばして、想像力の欠如？　ふざけるなよ」

そこまで聞いて、咄嗟《とっさ》に僕は笑顔の港くんを抱きしめてしまった。愛情なのか憐憫《れんびん》なのかわからない。ただ、彼の言葉をできるだけ自然に受け止めなくちゃいけないと思ったのだ。今はもう、あの事件のことを話して欲しくない。抱きしめてわかった。彼はほんの少しだけ震えているようだった。

「ごめんなさい。もういいです。変なことを思い出させちゃいましたね」

港くんは、僕の身体をきちんと抱きしめ返してくれた。いつもの港くんの匂い。この数時間で、一気に色々なことが起きてしまった。僕はもう、自分が悲しいのか、嬉しいのか、怒っているのか、幸せなのか、わからなくなっていた。

港くんのように笑おうとするけど、うまく微笑むことができない。混乱してるときに口角を上げるのは、思ったよりも難しい。

「蓮が沈まないなんて変な嘘ついたせいで、こんなことになってごめんな。どうすればいいかは、ゆっくり考えよう。俺たちが日本にいたら大変だったかも知れないけど、ここはヨーロッパだから。しかも知り合いなんて誰もいないハンブルクでしょ」

結局、僕たちはそのまま五分間くらい抱き合っていた。港くんの言っていた通り、誰か彼を知る人に見られていたら、どうするつもりだったのだろう。だけどこうしていたかった。湿気の強い風が通り過ぎる音。鉄橋を渡る列車の音。遠くで誰かが奏でるバイオリンの音。人々のざわめき声。抱き合っている間は、実際にこの街に存在している全ての音が、まるで他人事のように感じられた。

僕の港くんに対する気持ちが愛情なのか友情なのかは、わからないままだ。だけど、そんなことはどうでもいい。

とにかく、目の前にいるこの人のことを信じたいと思った。

それからのことはあまり覚えていない。清潔でセンスのいいレストランで、僕たちはたくさんお酒を飲んで、あり得る限りの馬鹿馬鹿しい話を続けた。もしドイツ語だったら、周囲の客から眉をひそめられていただろう。それくらい下品で、品性のない話題で盛り上がった。

牛肉のタルタルを口に含みながら、港くんは初めて男の人のものを口にくわえたときの戸惑いと興奮を笑いながら話した。鴨のフォアグラを食べながら、大学生の頃に付き合ってくれていた彼女が演技で「いく」と言ってくれたのに、それを物理的に帰宅したいのだと勘違いした僕が「帰る?」と聞いてしまったときの話をした。甘エビのセビーチェを頬張りながら、港くんは関係を持ったことのある全ての有名人の名前と性癖を事細かに教えてくれた。新鮮な牡蠣を口の上で溶かしながら、生理日の計算を間違えたサクラとのセックスが血まみれになってしまったことを告白した。オーストラリア産のワギューを頬張りながら、当時の彼氏の趣味に合わせて一度だけSMに挑戦した後、部屋中の蠟《ろう》を取り除くのが大変すぎて恋愛感情まで冷めてしまったことを港くんが懐かしがる。そしてバナナとマスカルポーネのチーズケーキを平らげながら、さっき僕が目撃してしまった港くんのセックスの話題になった。

「俺のを一回見たんだから、ヤマトも恋人ができたら一度、俺に見せろよ」

「なんなのそれ。見たくて見たわけじゃないんだけど」

散々くだらない話をしたのと、酔っ払ってしまったのも手伝って、いつの間にか僕は、港くん相手に敬語を使わずに話していた。

大きな窓の外側からは、ハンブルクの黄昏《たそが》れていく街並みがよく見える。街の夕闇はすっかりと濃くなり、色とりどりの光が風景を埋めていく。食後のハーブティーを飲んだ後、当たり前のように港くんが会計をしてくれる。

食事の前に、僕たちは一つだけルールを決めていた。それは、今日だけはもう、二人ともスマートフォンを見るのを止めようということ。僕のiPhoneもきちんと電源を落として、港くんに預かってもらっていた。

だけど困ったのは、レストランから出たときだ。ハンブルクの街は濃紺の闇に包まれていて、ホテルへの帰り道は見当もつかなかった。

「グーグルマップを使えば一発なんだけどなあ」

「だめ。今日はもうスマホ使わないって決めただろ」

そう言って港くんは、すっかり暗くなった路地を真っ直ぐと進んでいく。まるで完璧なハンブルクの地図が頭の中に入ってるかのような足取りだった。

「道、わかるの？」

「わかるわけないじゃん。でもみんなが迷っているときは、誰かがこっちだって決めたら、それが道になるんだよ」

滅茶苦茶なことを言っていると思った。だけどその口ぶりは冗談のようでいて、妙な説得力があった。だってもう日常生活でも、僕は港くんの言うことを、理由なく信頼し始めている。何を食べるとか、どこに行くとか、そんな些細《ささい》なことも、港くんは聞けば何でも決めてくれた。その全てに根拠があるわけではないだろうけれど関係なかった。

だけどさすがに初めて来た街の夜道を間違いなく進むなんて無理に決まっている。

「大丈夫。どんな道に迷い込んでも、俺がいてあげるから」

「何だ、結局迷っちゃうかも知れないんだ」

不貞腐れたふりをしながら、本当はそれでもいいと思った。異国で一人きり道に迷ったら不安で仕方がないけれど、信頼できる誰かと一緒に迷えるなら、それは心地のいい冒険だ。

紫色の空には細くて白い雲が流れていく。黄色い街の光が運河に映り込む。また少し雨が降ったのか、少しだけ濡れた石畳が、その光を反射させていた。少しずつ人通りが増え、喧噪が近付いてくる。

大きな教会を通り過ぎると、やけに煌《きら》びやかな一角が目に飛び込んできた。大音量の音楽がかかり、セックスショップやキャバレーが並んでいる。アムステルダムの飾り窓に似ているけれど、それよりもずっと猥雑《わいざつ》で、統一感がない。

「ハンブルクにも歓楽街ってあるんだな」

「有名な場所なのかも。検索できないからわからないけど」

「ヤマト、たまってるなら俺がおごってあげるよ」

「その一部始終、港くんに見られるんでしょ。やだよ」

まるで中華街のような原色のイルミネーションの下を浮き足立って歩く、冴えない男たちの人混みを進んでいく。

何度も「ＳＥＸ」や「ＥＲＯＳ」という文字の書かれた看板を通り過ぎ、女の子たちに買春をもちかけられる間、僕たちはさっきのような猥談を話し続けた。

もうレストランを出てから三十分近く歩いている。行き道にこんな歓楽街はなかった。やはり港くんは道を間違えたようだ。

「もういい加減、グーグルマップ使いませんか」

「それで戻れって言われたらどうするの。俺、一度来た道を引き返すのって嫌いなんだよね」

同じ道でも引き返すときは見える景色が違う。そう言おうとしたとき、頰に冷たい雫《しずく》が当たった。雨だ。空を見上げると、明るく輝いた月の横に厚い雲がせり出している。

アスファルトが水に濡れたときの匂いが、あたりに広がっていく。少しずつ雨足が強くなっていくのに、歓楽街の人々は傘を差そうともしない。港くんの上品なジャケットが少しずつ水分を含んでいく。借りた黒いシャツにも雨がしたたる。

「ねえ、雨まで降ってきちゃった」

「初めて会った日は雪だったね、そういえば」

「キスされた日」

「覚えてたんだ」

「だって今年、唯一のキスだから」という僕の言葉を遮《さえぎ》るように、港くんが「ねえ、あれ」とつぶやく。

彼が指差す先に、歓楽街とは違う鮮やかな光の群れが見えた。まるで魔法のように突然現れた眩しい世界。巨大な移動遊園地だった。真っ赤な観覧車に、絶叫が響くジェットコースター、黄金色に輝く回転ブランコ。ホットドッグや林檎飴を売る屋台も並んでいる。霧のような雨の中で、優しい光が夜に染み込んで、街を明るくしていく。

気が付くと、港くんは走り出していた。

「待って」と言いながら、それを僕も追いかける。本当はキスの話題を出したとき、少しだけ期待していた。港くんがまたキスをしてくれないかなって。僕からキスを迫る度胸はないけれど、彼が冗談みたいにキスをしてくれたらよかったのに。

だけどきっと今は、そのタイミングじゃない。濡れた歩道に雨が跳ねる。雨の雫がついた唇を舐《な》めてみる。

「俺についてきてよかっただろ」

「うん」

僕は頷きながら、彼の腕を思い切り摑んだ。

いつものミカンの香りの代わりに、雨の匂いがした。子どもの頃から何度も嗅いだはずなのに、晴れの日には忘れてしまう不思議な匂い。彼が近くにいれば、遠くの国で誰に何を言われようと、どうでもいいと思えた。

5月15日

あのシャッター音がした。

日本製と韓国製のｉＰｈｏｎｅでだけ解除できない、耳障りなカシャという人工音。その音のほうに視線を向けるが、誰とも目が合わない。

ダム広場では、白人も黒人も、そしてアジア人も、いつものように行き交っていた。当然、その中には日本人もいるのだろう。その彼か彼女は、きっと王宮や新教会でも撮っただけだと思う。

だけど、もしかしたらｉＰｈｏｎｅのレンズは、僕に向けられていたのかも知れない。その疑念が晴れなくて、思わず歩幅を広げて早歩きをしてしまう。

新教会の前を通り過ぎるとき、またシャッター音が聞こえた。そして今度は、ｉＰｈｏｎｅを持つ女性と目が合った。

ポニーテールに重ね着をしていて、いかにも日本人というファッションだ。僕は彼女を睨《にら》もうとするが、すぐに怪訝《けげん》な顔をされて、人混みに紛れてしまう。本当は追いかけて、何の写真を撮っていたのか確かめたかったが、藪蛇《やぶへび》になりそうで怖かった。もしも記者か誰かだったら、何て言い訳をしたらいいのかわからない。

ストールで口元は隠していたつもりだが、鼻の位置まで布を上げてしまう。さすがにこれで、僕が気付かれることはないだろう。せめてヨーロッパでも日本のようにマスクが一般的だったらよかったのに。この街で医療従事者以外がマスクをしていたら、より目立って警戒されてしまう。

ラートハイス通りを歩いていると、いきなり声をかけられた。

「どうしたの、その格好」

港くんだった。買い物帰りのようで、HEMAの紙袋を持って、呆れたように僕の姿を見て、目を細めながら苦笑している。確かに慣れないサングラスをして、ストールで鼻元まで隠した姿は、少し滑稽に見えるかも知れない。せめて手ぶらだったらよかったけれど、両手には大量のマルクトの袋を抱えている。一歩間違えればテロリストだ。だけど用心するに越したことはない。

「さっきも写真、撮られたかも知れないんです。港くんこそ変装もせずに街中を歩いても大丈夫なんですか」

港くんは蜂のマークのついたディオールの帽子を被っているだけで、まるで正体を隠そうとしていない。よりによってアクネの、華やかな花柄が目立つTシャツを着ている。

「アムスに戻ってきたら、すっかり敬語に戻っちゃったね。心配ならこれでも被ってなよ」

そう言って、僕の頭の上に帽子を載せる。

「これじゃさすがに不審者みたいじゃないですか」

「帽子がなくても怪しかったよ。犯罪者じゃないんだから堂々としてろよ」

そこまで言って、少し恥ずかしそうに笑い出した。

「まあ日本から逃げてきた俺が言うことじゃないけどね。でも東京は本当にひどかったんだから。週刊誌の記者がマンションのエレベーターにまで乗り込んでくるんだよ。たまたま友だちと行ったレストランの店員が、俺らの会話の内容をＳＮＳに投稿したりとか、滅茶苦茶だったんだから。だから、あの報道の後は怖くて夜にしか出歩けなかった。それも目深に帽子を被って俯くように。まるで今のヤマトみたいにね」

もともと港くんの部屋を訪ねる予定だったけれど、二人で連れ立って街中を歩くことになってしまった。すっかり温かくなったアムステルダムでは、レストランやカフェのテラス席が混雑している。まだ昼間だというのに巨大なビールジョッキを片手に談笑している人も多い。賑やかなラートハイス通りを進んで、港くんの部屋を目指す。

運河に架かった小さな橋を渡る時、また耳障りなシャッター音が聞こえた気がした。

港くんもその音に気が付いたのか、僕たちは同時に運河に目を向ける。だけど小さな遊覧船に乗ったアジア人が写真を撮り合っているだけだった。

自意識過剰になりすぎていたのかも知れない。ふと、あの雪の日に僕を怒鳴りつけてきた除雪車の作業員を思い出す。

あのときは何で怒っているか全くわからなかったけれど、彼には彼なりの事情があったのかも知れない。身元を隠して違法労働をしているとか、祖国から政治的に追われて来た難民だったとか、僕には計り知れない何かがあってもおかしくない。無断で写真を撮られることがこんなにストレスになるなんて、あの日の僕は思い至りもしなかった。

広々とした港くんの部屋に着くと、マルクトの袋から、さっき買ったばかりのインゲン豆やナスなどの食材を出した。

冷蔵庫に残したままにしてあったリコッタチーズのペーストを取り出して、まずはサラダを作ってしまう。インゲン豆を塩茹でにしながら、キュウリをあられ状に切っていく。そこにチーズペーストにレモン汁とオリーブオイルを混ぜ合わせ、少しだけトリュフ塩を加える。簡単に盛り付けて、港くんの前に置く。

「ありがとう」と微笑むと、彼はすぐにタブレットへ視線を戻す。さっきから真剣な表情で何かの作業をしているようだった。いつもはしていない眼鏡もかけている。

ハンブルクからアムステルダムに戻ってから、僕は毎日のように港くんの部屋に通っている。本当は仕事に行かないといけなかったのだが、あの報道が出た後はどうしても勇気が出なくて欠勤を続けていた。半数以上が日本人スタッフの店だから、当然僕たちのネットニュースも話題になっているはずだ。特にメグロさんからは何を言われるかわからない。

一応、ＬＩＮＥでしばらく休むという連絡はしてあるが、返信は見たくなくてトークルーム自体をブロックしてしまった。二回ほど電話もかかってきたが、店の番号は着信拒否にしている。幸い、ルームメイトはヨーロッパ人ばかりなので、僕が日本語のネットニュースで騒がれていることなんて知るよしもない。だけどずっと家にいてもついエゴサーチをしてしまいそうになるので、昼間は港くんの家に来ている。

ボウルで挽肉とハーブを混ぜ合わせる。そこにトマトとナスからスプーンでくりぬいた果肉を加えてよく混ぜた。今度はトマトとナスに小麦粉を振りかけ、ボウルの中身を戻していく。タイムを載せたら、２００度に温めておいたオーブンに入れる。これで三十分ほど放っておけばいい。

港くんはまだ作業に没頭している。バターを入れ、弱火にしたフライパンに薄力粉を入れて、チーズブイヨンと牛乳と共に炒めていく。クリーム状になったところで、細かく切った牛肉とパセリを加えて、一度火を止める。塩と胡椒を加えて、といだ卵にくぐらせたら、パン粉をまぶしてボール状にしていく。

一口大になったボールを190度の油に一つずつ入れる。じゅじゅっという音を立てて、衣が少しずつきつね色に染まっていく。

揚がったものをトレーに一つずつ並べていると、港くんがやって来て、手掴みで口に含んでしまう。「熱い」と言いながら、そのまま食べきってしまった。

「おいしいね。何これ、コロッケ？」

そう言いながら、もう一つ掴んで、食べ始めてしまう。

「ビターバレンっていうオランダ料理です。本当は揚げる前に冷蔵庫で休ませたら食感がもっとクリーミーになるんですけど」

「いや、十分おいしいよ。ヤマトも食べてみなよ」

揚がったばかりのビターバレンを手に取ろうとしたら、先に港くんが一つ掴んで、僕の口に入れてようとしてくれる。そんなこと、今まで誰にもしてもらった経験がないので慌ててしまい、うまくタイミングで口が開けられなかった。

「あれ？　ヤマト、猫舌だっけ？」

何を勘違いしたのか、港くんはビターバレンにふうっと息を吹きかけて、冷まそうとしてくれる。

「違いますよ」と笑いながら、港くんが掴んだままのビターバレンを口に含む。ほくほくの衣と、中のクリームが舌の上で溶け合う。子どもの頃、よく近所のコンビニで父親に買ってもらったコロッケを思い出す。

オーブンからトマトとナスのファルシを取り出し、レモンと共にお皿に盛り付けていく。その間に港くんはジャック・セロスをグラスに注いでくれた。大きなガラス窓から初夏の光が差し込んでくる。

優しい光の粒子は、街の稜線を明るく染めていた。五月の青空は、目に毒なほど澄み渡り、暑い季節がもう近いことを予感させている。穏やかな昼下がり。そういえば今日は何曜日だろう。一週間近く仕事に行っていないせいで、曜日感覚までおかしくなってしまった。

「あのさ、一個、確認してもいい？」

ジャック・セロスのボトルを飲み干してしまって、白ワインのコルクを開けながら港くんが聞いてくる。

「今日も仕事は行かなくていいの？」

急にそんなことを聞かれると思っていなくて、一瞬言い淀《よど》んでしまう。この一週間、港くんは僕を気遣ってか、極力仕事の話は出さないでいてくれたはずだ。

「そろそろ戻らなくちゃいけないいんですけど」

何とか紡ぎ出したのは、当たり障りのない言葉だった。本当は怖くて仕方がない。街を歩くのでさえも憂鬱なのだ。あんな日本人ばかりが集まる場所に行ったら何を言われるかわかったものではない。

「もう行きたくないんでしょ？」

「うん、本当は」

そう応えると、港くんは八重歯が見えるくらいきちんと微笑んで、僕の顔を見つめてきた。心臓が跳ね上がるのがわかって、視線がさまよう。こうやって港くんに見つめられると、くすぐったいような、照れたような、不思議な気持ちになる。

「じゃあさ、俺と店、始めない？」

「は？」

予想外の提案にぽかんとしてしまい、港くんの顔を見つめてしまう。結果的に数秒間、二人で見つめ合うような形になってしまい、彼から吹き出した。

「ここといいいんじゃない？　今、ずっと見てたんだけどさ」

港くんはタブレットを見せてくれる。クロームのタブには、居抜きの商業施設や、バーのような小さな店舗まで、いくつもの物件情報に関するページが並んでいた。

「一体、何の話ですか。第一、何のお店？」

「そうだな、こういう洋風料理でもいいし、一昨日《おととい》作ってくれたみたいな日本食でもいいし。俺がヤマトの料理で一番好きなのは餃子かな。ああ、オムレツもいいんだよな」

「え？　もしかしてレストラン始めるって話ですか？」

何を今さらと言うように港くんは目を細め、いたずらっぽく微笑む。

「そう。俺、ヤマトの料理、好きだよ。それに手際がいい。短時間でぱぱっと作れちゃうでしょ。料理人、向いてると思うよ。俺が出資するから、自分の店、始めなよ」

僕は黙り込んでしまう。一体この人は何を言っているのだろう。そんな簡単にレストランが作れるとは思えないし、オープンしたところで商売を軌道に乗せるのは簡単ではない。僕の働くオリガミも初めの一年は赤字続きだったという。

実際、何店舗もレストランやカフェが開業してはすぐに閉店したのを見てきた。それくらい飲食業とは不安定な仕事だ。おそらく港くんも経営のプロというわけではないだろう。素人同士で始めるお店が、とても成功するとは思えない。

「わかった。じゃあ、お願いとして聞いてくれない？　正直、俺も遊んでばっかりいられないんだよ。貯金はあるけど、こうやって毎日、ゆっくりランチを食べ続けるわけにもいかないでしょ。何か新しいことを始めたいんだ。ヤマトは何の責任も感じなくていい。ただ俺の仕事を手伝ってくれないかな」

「でも」と言いかけた僕を、港くんが制する。

「この一週間、ヤマトの料理を食べて確信した。お前には料理の才能がある」

「それ、いつも言ってくれますよね」

「お世辞だと思ってたの？　俺、日本で結構おいしいもの食べて来たんだよ。毎日会食みたいな時期もあった。そんな俺が言うんだけど、少なくともヤマトの料理にはセンスがあるよ。それにさ、もし始めてみてダメだったら閉店しちゃえばいいじゃん。それくらいのお金はあるから安心して」

そう言いながら、港くんはｉＰｈｏｎｅでみずほ銀行のアプリを開く。貯金残高には僕が何回か生まれ変わって働き続けても、稼げるかわからないくらいの金額が表示されていた。知人のスタートアップへの投資や、映画の出資もうまくいっていて、この他にも複数の金融資産があるのだという。

「これなら一生、仕事しなくてもいいんじゃないですか」

「たまに引退した大物に会うことがあるんだけど、大抵は驚くほどつまらなくなってるの。芸能人に限らず社長でも何でもそう。お金は持ってても、話してくれるのは昔話ばかり。それでわかったんだよね。ほとんどの成功者は、時代に輝かせてもらっているに過ぎないんだって。時代と共に歩けなくなった時点で、人はどんどん曇り霞《かす》んでいく。何なら俺も、東京にいた頃はもっと賢かったし、格好良かったはずだよ。それは冗談だけど、そろそろ何か始めないと怖いんだよね」

一気に話した港くんは、おいしそうに料理の続きを食べてくれる。

ビターバレンを頬張る様子を見ていると、自分が作ったものなのに、とてもおいしそうに見えてくるから不思議だ。皮肉ばかりを言うメグロさんや、プライドの高いカンと同じ職場で働き続けるなら、いっそ新しいレストランを一から作っていったほうが楽しそうだと思えてきた。

「助けてくれるって言ったよね」

「本当に僕でいいんですか」

「だから大丈夫だって。本当に助けてもらうからね」

さっきまでは街中のカメラに怯《おび》えていた人間が、今はこんなにわくわくしている。僕はこんなにお調子者だっただろうか。

「二人のお店なんて大それたものじゃなくて、手伝うだけなら」

「よし、決まりだな」

港くんは持っていたワイングラスで僕と乾杯をして、そのまま飲み干してしまう。そして「もう一杯、ワイン開けよう」と言って、ルロワの赤ワインを持ってきた。「Leroy Echezeaux 1969」。さすがに僕でも貴重な一本だということがわかる。

本当にお店を始めるなら、お酒の勉強もしないとならない。有名な銘柄くらいはわかるが、実際に飲んだことのあるシャンパンやワインは多くない。

それは料理にしても同じだ。行ったことのある高級店と言えば、港くんに連れられて向かったレストランくらいだ。一応、アムステルダムにある日本料理店には一通り味見に行ったが、それも働き始めた頃の話だ。本当にレストランを始めるなら、きちんと偵察をしたほうがいいだろう。

法人登記、物件探し、内装工事、Horecaやアルコールライセンスの取得など、すべきことはたくさんある。オリガミでの経験があるとはいえ、本当に僕にそんなことができるのだろうか。日本でさえ一度も起業なんて考えたのない人間に、オランダで飲食店の開業なんて可能なのだろうか。

僕の不安を見越したように、港くんは頬杖をつきながら、優しく微笑んでいた。そういえば、出会ってからずっと、彼の提案に従ってばかりだ。そのおかげで、確実に僕の住む世界の色彩は鮮やかになった。

大学受験に失敗してから、僕の人生にはずっと色がなかったように思う。どんな場所にいても、「こんなはずじゃなかった」と思いながら、不満と共に人生を送ってきていた。頭の悪そうな顔をした同僚の下ネタに話を合わせながら、無性に腹を立てていた。慣れない海外生活で愚痴をこぼす相手もいなくて、匿名のツイッターアカウントで不平不満を書き連ねたこともある。戦時中の白黒写真のような、くすんだ世界の住人として一生が終わるのだと思っていた。

まさかそれが、こんな風に世界が変わっていくなんて。港くんに対する気持ちの正体はまだわからない。だけど望んでくれるのならば、彼のためにできることは全てしたいと思った。

「港くんに会ってから、いいことばかりが起こるような気がします。昔は、悪い予感ばかりが当たってたのに」

デザート代わりに用意したマスカルポーネをつつきながら港くんに伝える。彼はマヌカハニーを混ぜながら、僕のほうをちらっと見る。

「悪い予感ばかりが当たるのは、そもそも未来に期待してないからだよ。昔はきっと嫌なことばかり考えたんじゃないの」

そうなのかも知れない。

一日の始まりでつまずくと、その日はもう悪いことばかりが起こるとあきらめてしまっていた。そのくせ、未来に期待を持つこと自体ほとんどなかった。

「でも、いい予感を持つって難しくないですか?」

「本当に小さくてもいいから、いいことばかりを思い浮かべてみなよ。百個、願い事をしたら一つや二つは叶うでしょ。あのね、夢を叶えることと同じくらい、願った夢を忘れないことも大事だと思うんだよ。本当はもう夢が叶っているのに、その夢のことを忘れている人も多いんじゃないのかな」

僕はどんな人生を送りたいと思って生きてきたのだろう。子どもの頃の夢なんてまるで思い出せない。だけどアムステルダムの素敵な部屋で、昼下がりからゆっくりとワインを飲む時間は、決して悪いものではない。僕自身ではなくても、こんな生活を送りたいと望む人はきっと世界中にたくさんいるはずだ。

「俺と会ってからいいことばかりって嘘だと思うよ。騙されて運河には落ちかかるし、そのせいで炎上もしたし、嫌なこととたくさんあったでしょ」

「確かに。嫌なこと全部、忘れてました」

マヌカハニーと共に口に含んだマスカルポーネは、いつも通りの味なのに、なんだか無性に嬉しくなって微笑みがこぼれてしまう。窓際に飾られた真っ赤なアマリリスが夕風に揺れていた。

5月20日

港くんの部屋で、仮契約をしてきた物件の見取り図をテーブルに広げながら、内装業者を探しているときだった。港くんが突然、ひらめいたという顔をして話し始めた。

「ヤマト、ずっとうちにいるんだから、もう引っ越しちゃえば。部屋、あまってるし。家賃ももったいないでしょ」

レストランを始めると決めた日から、僕は朝から晩まで港くんと開店準備を進めている。内覧や買い物に行くとき以外は、ずっと港くんの家にいるから、家には寝るために帰るだけだった。

引っ越すというのは正直、魅力的な提案だった。ルームシェアなので家賃300ユーロとはいえ、まだ僕にとっては大きな金額だったし、港くんの家まで自転車で二十分の往復は正直なところ億劫《おっくう》になりかけていた。だけどサクラと一緒に住んでいたときは、洗面所の電気を消した、消していないだとか、本当に些細なことで喧嘩ばかりをしていた。港くんと同じことにならないか心配になる。

「彼氏、連れ込みにくくなりますよ」

「今、俺に彼氏がいないことくらい知ってんだろ。朝から晩まで一緒なんだから。もしも俺かヤマトに恋人ができて気まずくなったら、そのときに考えよう」

もちろんわかっていて聞いた。だけど港くんに新しい彼氏ができることを想像すると、少し悲しくなる。僕が彼を束縛する権利も理由もないことは十分に理解しているのに。僕たちは付き合っているわけではない。港くんに恋人ができたら、僕はその彼にどんな表情で挨拶をするんだろう。きちんと祝福ができればいいけれど。

引っ越しの話はトントン拍子に進んだ。シェアハウスでは5畳の部屋に住んでいたのだから、もともと家具はほとんどない。しかも港くんの家には机やベッドは備え付けてあったので、捨てていけるものもある。

結局、全ての荷物はリモワのスーツケースと段ボール五箱に収まってしまった。業者を頼むまでもないと思って、自力で引っ越しをすることにした。

一人でできると言ったのに、退去の日には港くんも来てくれた。駅前のＳＩＸＴで借りた小型バンを建物の前に停める。

「考えたらヤマトの家に来るの初めてだね」

「港くんを呼べるような場所じゃないから」

幅が異様に狭くて暗い階段も、今日が最後だと思うと不思議な気分になる。ここを上り下りしながら、何度サクラのことを憎んだだろう。全てが遠い日の出来事のようだ。

玄関を開けると、シェアメイトのオーレがソファで雑誌を読んでいた。僕たちに気付いて挨拶をすると、また記事に視線を戻す。

膝の上では黒猫のアマンダが気持ちよさそうに寝ていた。

いつもと違って今日のオーレはやけに静かだ。体調でも悪いのだろうか。

窓からは低い尖塔の教会と慌ただしく行き交う自転車が見える。太陽に照らされた観葉植物と丸いダイニングテーブル。かつての住人が残していった年代物の緑の椅子。

「何だか元気ないね」

「今日でアマンダとお別れなんだ」

オーレは僕のほうを見もしないで、小さくつぶやく。

「どういうこと?」

僕の怪訝な表情を察知したように、アマンダは軽快にオーレの膝から飛び降りて、僕たちの足元にやって来る。港くんは途端に顔をほころばせて、嬉しそうに頭を撫でた。アマンダも港くんが気に入ったのか、指先をぺろぺろと舐める。その様子を、なぜかオーレは悲しそうに眺めている。一体、何があったのだろう。このシェアハウスの中でも、誰よりも陽気で、うるささには定評があったのに。オーレは俯きながら、ぽつりぽつりと話し出す。

「癌だったんだよ。退院させてたのは、最後に一緒の時間を過ごすため。一ヶ月だけって決めてペインコントロールをしてたの。だけどもう薬漬けはかわいそうでしょ。苦しまないうちに、お別れしようと決めたんだ。後で動物病院に連れて行く」

安楽死。オランダでは一般的だと知っていたけれど、身近で聞いたことはなかった。日本でもペットの安楽死は禁止されていないはずだけれども、オランダほど一般的ではないと思う。

港くんがアマンダを抱き上げる。

嬉しそうに緑色の目をクルクルさせ、尻尾を左右に降る。

「こんな元気なのに」

「元気なまま見送ってあげたいんだよ。でも正直、まだ少し迷ってる。先月、おじいちゃんの安楽死に付き合ったときは、もっとパーティーみたいだったんだよ。本人の希望だったから、みんなで笑って見送ろうと決めた。もう八十歳も過ぎていたし、それほど悲しくなかった。でもアマンダは話せないだろ。彼女がどう思っているか永遠にわかりようがない。本当はもっと生きたいのかも知れない」

タイミングよく、アマンダが港くんの腕の中で鳴き声を上げる。肯定にも否定にも聞こえる鋭い声だった。

港くんはアマンダの目を見ながら、独り言のようにつぶやく。

「誰かの寿命を決めないといけないって、まるで神様みたいだよね。俺は無宗教だけど、もしも神様がいるなら人間の寿命を決めるときに迷うのかな。それとも表情も変えずに冷徹に命を奪っていくのかな。俺だったら、葛藤してくれる神様のほうが好きだけどね。ねえアマンダ、神様も意外と大変なんだよ」

港くんの話を聞きながら、オーレはアマンダの頭を撫でる。

「そうだね、今日の俺はまるで神様みたいだ」

僕たちにアマンダの気持ちがわからないように、神様も人間が何を考えているのかわからないのかも知れない。少なくとも人間は神様が何を考えているのかは想像するしかない。なぜなら僕たちは直接的に話す手段を持っていないから。

アマンダとオーレの間に、人間と神様の間に誤解があったとしても、この世界にいる限り、それを解くことはできない。

「神様なんだから、もっと堂々としていればいいんだよ」

そう笑うと、港くんはアマンダをオーレに返した。彼はアマンダをぎゅっと抱きしめる。アマンダは軽快に尻尾を振り、ゴロゴロと喉を鳴らす。とても気持ちよさそうな表情をしていた。オーレもこれまで見たことがないくらいに穏やかな顔をしている。

優しい風が部屋のペンダントライトを揺らす。キャビネットに置かれたレコードプレーヤー。音は流れていないけれど、誰かが聞いたルイ・アームストロングの「What A Wonderful World」のジャケットが出しっぱなしになっている。窓の外では新緑の上を太陽光が跳ねていた。街のざわめきがまるでBGMのように部屋に満ちていく。

どれくらいそうしていただろう。ついに覚悟を決めたのか、オーレは色が褪せた金属製のケージにアマンダを入れて、部屋を出て行こうとする。動物病院へ向かうのだろう。玄関の扉を閉じる前、ケージの中で丸まったアマンダと目が合う。これでもう二度と会えないのだと思うと、何だか無性に悲しくて涙をこぼしそうになる。

「ありがとう。またね」

今日、僕が引っ越しをするのを知っているはずなのに、オーレはいつものような別れの言葉をかけてくれた。だから僕もいつものように、さよならを言う。

「うん、またすぐにね」

もちろんオーレに言ったつもりだったけれど、いつかまたアマンダにも会えるといいと思った。

本当に不思議なものだ。もしも引っ越しの時間が多少ずれていて、オーレとアマンダに会わなければ、こんな風に心が痛くなることなんてあり得なかった。今日、アマンダがこの世界を去るという事実には変わりがないのに。ついさっきまで彼女の存在を知らなかった港くんまでが、目を赤く腫らしていた。

きっと終わりというものは、いつだって、誰にとっても悲しいのだろう。本当は何にだって終わりがあるに決まっているのだから、初めからそれを惜しんで大切にしてあげればいい。だけどそれはとても難しい。だから僕たちは終わりが知らされると途端に焦り、急に何かできないかと騒ぎ出す。本当はそれだともう手遅れなのに。

「荷物、バンに運んじゃおう」

涙を拭う港くんに促されて、僕たちは手分けして荷物をレンタカーまで運ぶことにした。少しずつ部屋から生活感が消えていき、まるで僕がここで暮らしていたことが嘘のようになっていく。

「ねえヤマト、何かあったらきちんと口で伝えてね」

狭い階段で港くんにリモワのスーツケースを渡されたとき、唐突に言われた。

「一緒に住むとしたら、色々あるかも知れないじゃん。俺たちには言葉があるんだから、何か嬉しいことや嫌なことがあったら、きちんと伝えようね」

中にハードカバーの本ばかりを入れたスーツケースの、ずしりとした重さが手のひらに伝わってくる。急な段差の前では車輪が役に立たない。だけどあの日よりはマシだ。この重い金属製のスーツケースを片手に、一人でこの階段を上った雪の日。世界を呪うあまり、全ての破滅を願っていた。

ゆっくりと階段を降りながら、自分に言い聞かせるようにつぶやく。

「僕もよく失敗してきました。他人に対して『なんでわかってくれないの』って思っちゃうんですけど、本当は期待ってのは傲慢な感情なんですよね。お姫様じゃないんだから、察して欲しいなんて思わずに、口に出したほうがいい。難しいけど」

段ボールと比べて格段に重いスーツケースによろめきながら、階段を踏み外さないように、慎重に降りていく。

「早速できてないじゃん」

急にスーツケースが軽くなった。僕がよろめいていたのに気付いた港くんがスーツケースの片側を抱えてくれたようだ。

「重かったら重いって言えばいいのに」

「これくらい大丈夫だと思ったんですよ」

二人してスーツケースをバンに積み込む。これでもう運ぶべき荷物はない。部屋の掃除や、冷蔵庫に入れっぱなしだった不要品の処分もすぐに終わってしまった。二年の間、ほとんど毎日のように登った階段、リビングルーム、そしてがらんとした部屋。

だけど感慨よりも、これからの生活に対する期待のほうが上だった。これまでは、何かを終えることがとても苦手だった。大して友だちもいなかったくせに中学校や高校の卒業式は憂鬱で仕方がなかった。それは、未来が今よりも悪くなることを恐れていたから。誰とも仲良くなれなかったらどうしようとか、勉強についていけなかったどうしようとか、今から思えばくだらないことに頭を悩ませていた。

あの頃は、不確実であることが怖かったのだ。しかし最近は、不確実だということが希望に感じられる。本当にレストランや港くんとの共同生活がうまくいくかわからない。だけど、そのわからないという余白が何だか無性に嬉しいのだ。

だって、成功しても失敗しても、隣には港くんがいてくれるだろうから。もしも全然うまくいかなかったら、道を引き返して一緒に笑えばいい。

「港くんに会えて、本当によかった」

「急にどうした?」

エンジンをかけながら、港くんが怪訝な表情を見せる。

「港くんに出会う前って、ものすごく悲惨だったんですよ」

「そんなことないだろ。それだけ料理もできて、こっちで仕事ができるくらいの語学力もあって、気も遣えるんだから、もともと何でもできたんじゃないの。強いて言えば、ヤマトに足りなかったのは勇気かな」

「勇気？」

港くんが車を発進させる。僕の問いかけに前を向いたまま応える。

「同じ才能を持っている二人がいたら、勇気があるほうが勝つに決まってるんだよ。だって勇気がない人は、才能を発揮することなく人生を終えていくんだから」

「でも才能があるかどうかなんてわからないじゃないですか」

「わからないよ。でもあるかどうかも動き出さないとわからないじゃん。それってもったいないことだと思わない？　世の中を見渡してみなよ。なんでこんなのが活躍してるんだって馬鹿にしたくなる有名人がいるでしょ。その人にどれくらい才能があるかはわからない。だけど間違いがないのは、あいつらに勇気はあったってことだよ」

大学時代に脚本家になりたいと言っていた同級生がいた。当時は何て馬鹿な夢を語るのだろうと思っていた。少なくとも僕から見る限り、彼女には才能の片鱗《へんりん》も存在しなかった。文章も下手だったし、知識も生半可で、話もつまらない。だからプロの脚本家の元に押しかけ、アシスタントになったと聞いたときも、使い勝手のいい下働きをさせられているだけだと鼻で笑っていた。

だけどフジテレビヤングシナリオ大賞の最終選考に残り、ＭＢＳの深夜ドラマ枠で脚本家デビューを果たしてしまう。ほんの少しだけＴＶｅｒで観たけれど、大した作品だとは思えなかった。だけど何だか無性に打ちのめされた気分になった。脚本家になりたいことなんて一度もなかったのに。確かに彼女は、少なくとも勇気を持っていた。

車はベートホーフェン通りを進んでいく。カーラジオからはＣＲＯの「Bye Bye」というドイツ語のラップ音楽が流れている。

「日本料理屋にも辞めるって伝えたんでしょ」

港くんから聞かれる。

「はい、色々詮索されそうだったんで、メールだけ入れておきました」

「私物とかは残してないの？」

「レシピのメモとか、調理道具とか、あるっちゃ言えばありますけど」

「じゃあそれも今から取りに行こう」

「え」と漏らした声に、港くんが「勇気だよ、勇気」と微笑みかけてくる。確かに試行錯誤したレシピは紙でしか残していないから回収しておきたかったが、この時間だと誰かと鉢合わせしてしまうかも知れない。港くんとのことがネットニュースで騒がれてから一度も店には顔を出していないのだ。

急に憂鬱な感情が押し寄せる。登校拒否をした後で、初めて学校へ行く子どもの気分に似ているのかも知れない。バンはロステンブルゲル通りのアートギャラリー前に停まる。港くんが一緒に行こうかと聞いてくれたが、もちろん断った。騒ぎを起こしたくなかったからだ。

通用口からオリガミに入ると、薄暗いキッチンでカンがニンジンを細かく切っているところだった。僕に気付いて、いつもの細い目で笑いかけてくる。他にも何人かのスタッフがいたが、幸いなことに日本人は一人も見当たらない。

「久しぶり。店を辞めるんだって？」

「うん。新しい仕事を始めようと思ってるんだ」

「いいと思うよ。いつもつまらなそうにしていたから」

そんな風に見られていたのか。確かにカンに比べると僕はオランダにも馴染めていなかったし、仕事にやりがいを見いだせていたわけでもない。キッチンに置いてある私物の包丁や調理器具をバッグに詰めていく。

「ヤマト、君って今、有名人と付き合ってるんでしょ」

思わず息を止めた。なぜカンがそんなことを知っているのだろう。韓国人の彼が日本語のネットニュースを読んだとは思えない。職場の誰かが噂していたのだろうか。

「写真を見たよ。ものすごい格好いい彼氏だね。うらやましい。これが俺の恋人。交換して欲しいくらい」

そう言いながらカンは自分のGalaxyの待ち受け画面を見せてきた。筋肉質な男とキスをしているカンが写っている。確か昔、彼女を紹介された記憶もあるから、バイセクシャルなのか。そんなこと知らなかった。

「ねえヤマト、遅いんだけど。大丈夫？」

振り向くと通用口に港くんが立っていた。

僕がもたもたしていたので迎えに来てくれたらしい。カンが大げさに騒いで港くんに握手を求める。キッチンにいたスタッフたちも揃って港くんのほうを向く。彼のことを知らない外国人たちさえも、顔とスタイルの良さに、特別な人だということがわかったらしい。誰もが一様に作業の手を止めている。

港くんに手伝ってもらいながら、一つずつ荷物を詰めていく。その様子をスタッフが無言で眺めていた。フロアで掃除をしていた何人かの日本人もキッチンへやって来る。その中にはメグロさんもいた。だけど彼も遠巻きに港くんと僕に視線を向けるだけで何も言ってこない。

僕は不思議な感覚になり始めていた。好奇の目を注がれるのは、もっと居心地の悪いことだと思っていた。だけどなぜか今、僕は不思議な高揚感を抱いている。

口が渇いて心拍数まで速くなっているのに、まるでスローモーションの世界に迷い込んだように、ギャラリーの姿がはっきりと見えた。とても誇らしい気持ちに包まれる。僕たちの一挙一動をこの場所にいる全員が注目している。

その瞬間だ。あのシャッター音がした。誰かがスマートフォンで僕たちの姿を撮ったのだろう。こんな十人にも満たない空間で、隠し撮りをするなんて下品な同僚がいたものだ。だけど、決して嫌な気分がしなかった。それどころか、あんなに怖かったシャッター音が、なぜか一瞬、快感だと思った。体温が一度くらい上がったような気がする。

「誰ですか、写真撮ったの」

港くんがシャッターをした方向を指差す。もちろん誰も何も答えない。

「あのさ、撮るならちゃんと撮ってよね。ちゃんと格好良く。こいつ、俺にとって大事な人なんだから。今度、二人で新しいレストラン始めるんで、ライバルだろうけど応援よろしくね」

そう言って、港くんは僕の肩に手を回してきた。もうすっかり馴染んだミカンと桃を混ぜたような香り。見た目よりもがっちりとした胸板が温かい。安心感と自尊心が同時に満たされた気がした。同僚たちは驚いた顔をして僕たちを眺めている。だけど今度は誰も写真を撮ろうとしない。

彼らの視線に見送られながら、僕たちはオリガミを出た。歩き出してしばらくしてから、再びシャッター音が連続して響いてくる。二人が並んで歩いている様子を撮っているのだろう。今回も僕たちの姿はＳＮＳに投稿されてしまうのだろうか。

また突然だった。港くんがいきなり手をつないできた。しかも恋人がそうするように、指と指をからませようとする。事態がうまく飲み込めない僕は怪訝な表情で港くんを見つめる。

「何してるんですか」

「いいじゃん、宣伝になるでしょ」

「また誤解されちゃう。大事な人って何？」

手を振りほどこうとしたが、思ったよりも力強く握られていたせいで、すぐには放してくれない。

「嘘じゃないよ」

「何でわざわざ目立つことするんですか」

彼を咎《とが》めるように口を尖らせる。その表情をしながら、港くんが同じように口を尖らせた瞬間のことを思い出す。

僕たちはいつの間にか、癖まで似てきてしまったのだろうか。

港くんは全く動じていないという様子で、満足気に微笑む。もちろん手はつないだままだ。

「隠すことでもないでしょ。これから一緒に住んで、仕事も始めるんだし」

だけど僕たちは恋人になったわけではない。ただの同居人であり、ビジネスパートナーだ。そんな二人が手をつないで歩く必要はあるのか。だけどこれ以上強引に、からまった指先をほどこうとは思えなかった。

それどころか、少しずつ指先の温かさが心地良くなっていく。ただ指を絡ませることが、こんなに安心感を与えてくれるだなんて、僕はずっと忘れていた。

「勘違いされるの、嫌?」

「まんざらでもないかも」

思わず僕も、港くんの手をぎゅっと握り返していた。少しずつ心臓の鼓動が速くなっていくのがわかる。冷や汗までかいてきた。何で僕は同性と手をつないでいるだけなのに、こんな風に緊張しているのだろう。せめてその緊張が港くんに伝わらないように、何とか無表情を装う。その間にも後方からシャッター音は断続的に響いてきた。

「まるで僕までスターみたいですね」

「スターになるんだよ」

港くんは冗談とも本気ともつかぬことを言う。自分たちの姿が世界中に拡散される様子を思い浮かべてみる。


僕にあてがわれたのは、大きなアーチ型の窓がついた運河に面した部屋だった。今までは物置にしていて、使い道がなかったのだという。優に10畳以上はありそうで、バルコニーまでついている。アムステルダムには高層建築が少ないので、7階のこの部屋からは街中が見渡せる。川沿いには淡い新緑が穏やかな風に揺れていた。だいぶ密度を増した木漏れ日があちこちから降り注いでくる。

ベッドも棚も備え付けてあったので、荷物は一時間もかからずに全て片付いてしまう。パスポートや現金などの貴重品、ポール・オースターやスティーヴン・ミルハウザーの文庫本、ハンブルクで買ったフリードリヒの画集など、捨てられなかったものだけを持ってきた。

この機会にサクラが置いていったレシピや食器も全て捨ててしまった。もっと早くにそうしていれば、あのシェアハウスに引っ越すときも、楽に階段を上れたのだろう。

一息ついてベッドで身体を広げる。今まで寝ていた薄いマットレスと違って、身体が心地よく沈み込む。今日は引っ越しのために一日を使ってしまったけれど、明日からはレストランの開店準備を再開しないと。

「殺風景な部屋だな。何か足りないものがあったら買いに行こうか。バンは明日まで借りてるんだし」

港くんがコーヒーを持ってきてくれた。僕にマグカップを渡すとすぐ左側に腰掛ける。マットレスが少しだけ軋《きし》んだ。カップに顔を近付けると、ほろ苦い匂いがする。最近、彼はコーヒーを淹れるのに凝っていて、ノルウェーのバリスタから豆を取り寄せたり、コマンダンテというドイツ製のコーヒーミルを買ったりしていた。

「今のところ大丈夫です。強いて言えばカーテンがないけど、オランダの人って本当に窓を丸裸にしていますよね。家の中が全て見えてびっくりしません?」

「うん、夜も開けっぴろげの家が多いよね。さすがにセックスを目撃したことはまだないけど」

港くんとは、もう何度も下品な話をしてきたはずなのに、なぜか今は「セックス」という言葉が耳に残る。考えてみたら、ここは彼の家で、しかも僕たちはベッドの上にいるのだ。もう三ヶ月近い付き合いになるが、港くんが僕を性的対象として見ていないことは、誰よりもわかっている。

だけど僕はどうなのだろう。この頃は、すっかり自分の気持ちがわからなくなっていた。一日のほとんどを港くんと過ごす日が続いている。

気が付けば優しい言葉をかけてくれるし、迷ったときには的確な提案をしてくれるし、相変わらずはっとするほど格好いい。そのくせ、昆虫が苦手だとか、ゲームで負けると子どもみたいに拗ねるとか、服は脱ぎっぱなしなのにスリッパだけはきちんとそろえるとか、港くんの人間らしさをたくさん見てきた。

「ねえ港くん、変なこと言ってもいいですか」

「何だよ」

港くんはマグカップを持ったまま、僕のほうを見る。猫舌の彼は、まだコーヒーに口をつけていないらしい。

「さっき、オリガミの前でふざけて肩を組んできましたよね」

「こんな風にでしょ」

笑いながら港くんは、僕の肩に手を回してきた。ほどよく筋肉のついた腕が温かい。

今度は誰にも見られていないはずなのに、恥ずかしくなって思わず俯いてしまう。

「ちょうど今朝、同じような夢を見たんです。港くんの胸元に頭を載せながら、どこかの海を眺めてました。風が少し冷たくて、その分、港くんがあったかくて。一人用のマットレスだったんだから、本当は温度なんてなかったはずなのに。なんでそんな夢を見たかわからないんですけど」

「悪夢を思い出して嫌だったって話？」

港くんがさらに肩を寄せてきたせいで、顔までがもう触れあいそうな距離にある。コーヒーの水面が少し揺れていて、マグカップを持つ手が震えているのがわかった。

「僕たち、これから一緒に住むわけですよね。どうしても一つ、確かめておきたいことがあるんです」

コーヒーを一気に飲み干すと、マグカップを床に置いた。酸味と苦みで頭がくらくらする。ちょうどいいと思った。港くんの左手をほどき、彼の持つマグカップを奪って、そのコーヒーも飲んでしまう。まるでテキーラを一気飲みしたときのように、首元から上半身が火照り出す。

「どうしたの」と当惑した顔の港くんを、ベッドに押し倒してしまう。

「だから確かめておきたいんです。僕たちはただの仕事仲間なのか、友だちなのか、それとももっと深い関係なのか。何だか曖昧なままの関係でいると、僕、おかしくなっちゃいそうで」

自分でも滅茶苦茶なことを言っているのがわかった。だけど言葉よりも先に身体が動いてしまう。困った顔を浮かべていた港くんはいつの間にか、よく見せてくれる優しい表情になっていた。

「随分と積極的だね。いいよ、試してみなよ。ご自由に」

港くんは手のひらを開いて、おどけたような微笑みを見せる。

「合意ってことでいいですね」

そう言いながら、恐る恐る港くんの唇に、僕の唇を押し付けた。あの雪の日以来のキスだ。そして、僕からする初めてのキス。ゆっくりと、舌先を唇の向こう側に這わせていく。僕の舌にこびりついたコーヒーの匂いが、彼の腔内を経由してもう一度、僕の鼻孔に届いた。ゆっくりと何度もキスをしながら、港くんの頬を指先で撫でる。

「まさかキスだけで終わりってことないよね」

港くんの挑発に「もちろんですよ」と応えるのと同時に、彼は体勢を変えて、僕の上に覆い被さってきた。

「あのさ、ずっと俺も我慢してきたんだからね。相性なんて、セックスで確かめるのが一番なんだからさ」

不敵な笑みを浮かべたかと思うと、港くんは乱暴なキスをしてくる。執拗に舌を入れるのと同時に、Tシャツの上から小刻みに乳首をさすってくる。その動きが巧みで、思わず声を漏らしてしまう。一体この人は、何十人、何百人とセックスをしてきたのだろう。指先は次第に僕の下半身へと向かう。慣れた手つきで身体を撫でられているうちに、服の上からだと言うのに、すっかりと息が早くなっていく。同じく彼の身体に触れようとするけれど、僕の手を制して港くんはまた得意げな笑みを浮かべた。

「男は初めてでしょ。俺に任せて」

港くんは僕のTシャツをたくし上げる。この前もらった、アンダーカバー。ゆっくりと舌を、ぺたんこな腹筋に這わせてくる。初めはくすぐったかったのが、すぐに痺れるような感覚を覚えた。その舌が乳首に届く頃、彼は器用に僕のベルトを緩める。舌先で乳首を舐められながら、真っ白い天井を見ていた。備え付けのペンダントライトが風に揺れている。

自分の鼓動がうるさい。何度も想像して、何度もあり得ないとあきらめた妄想が、ついに現実になっていく。望んでいたことが叶ったような、恐れていたことがついに起こったような、不思議な気持ちだった。

港くんは僕のデニムを下ろしていく。もう勃起を隠すこともできない。港くんもきちんと、気持ちよくなってくれているのだろうか。手探りで彼の下半身で指先を這わせてみる。彼に比べて、僕の動きは何てぎこちない動きなんだろう。初めてのセックスをしたときのように、次に何をしたらいいかが思いつかない。別に男女でも、男同士でも、手順なんて途中まではほとんど同じはずなのに。

港くんは自分でTシャツを脱ぐ。よく引き締まった身体。柔らかい肌。ほんのりピンク色をした乳首。今日はもう目を逸《そ》らさなくていい。僕から確かめたいと言ったのだ。こんな受け身じゃだめだ。港くんを抱きしめながら、もう一度、彼の上に覆い被さる。そしてさっき彼がしてくれたように、ゆっくりと乳首から舐めてみる。

「積極的だね」

「勇気、出してるんですよ」

できるだけ今までのセックスを思い出さないようにした。うっかりすると、いつも嫌味ばかりを言われたサクラとのセックスや、飾り窓での最悪なセックスや、緊張ばかりで少しも気持ちよくなかった初めてのセックスばかりが頭の中を過《よぎ》りそうになるから。だからさっきの港くんの愛撫だけを思い出して、ゆっくりと肌に舌を這わせていく。いつもの甘い香りに時々、レモンのような酸味が混じる。

初めは笑っていた彼が時折、切なそうに吐息を漏らす。右手の指先で乳首の周辺をゆっくりと撫でながら、舌先を少しずつ下半身へと向けていく。何とか片手でベルトを外して、ブラックデニムを少しだけ降ろした。レステロッズの黒いボクサーパンツが膨らんでいるのが見える。目をぎゅっと閉じた。そしてパンツを一気に降ろし、口を大きく開けて、目の前にあるものを喉元まで含む。できるだけ何も考えないようにして、ゆっくりと口を上下に動かした。

港くんと目が合う。少しだけ荒い息を吐きながら、笑ってくれていた。まだアムステルダムの街は明るい。窓は開け放たれたままだ。誰も覗いてなんていないはずなのに、映画の登場人物にでもなったような気分になる。

今度は港くんが起き上がって僕にキスをしてきた。さっきよりも優しいキス。まるで犬のように顔中を舐め回してくる。そのまま僕を押し倒すと、自分のデニムとパンツをすっかり脱いでしまう。

その後は、僕の全身を優しく撫でてくれた。思わず何度も吐息が漏れる。舌が下半身に届く頃、僕だけが履いていたパンツもすっかり脱がされてしまう。眩しい太陽が真っ白い部屋を照らす。港くんに比べれば筋肉もついていないし、スタイルも良くない。こんな明るい部屋の中で、全身を見られるのが今さら恥ずかしくなってきた。

勢いで始めてしまったけれど、このままこの行為を続けてもいいのだろうか。男同士のセックスについて、少しだけは検索してみたけれど、わからないことばかりだった。

どちらが挿入するかはどうやって決めればいいのか。港くんはどちらがいいのか。気持ちが先走りすぎてしまったのかも知れない。本当は怖くてたまらない。

「最後までいいんだよね」

僕の不安を見越したように港くんが尋ねてくる。

「もちろんです」

勇気を振り絞って答える。港くんは少し笑うと、指を僕のお尻に回してきた。この前のベーシストと逆になるのか。このまま入れられることになった場合、やっぱり痛いのか。そもそも準備をしていなくて、うまくいくものなのか。

目をきつく閉じる。だけどそのまま指の動きが止まってしまった。

「今日はここまで。さっきからずっと震えてるよ。無理するなよ」

そう言いながら港くんは僕を抱き起こして、今度は軽くて優しいキスをしてくれた。

「俺、無理やりする趣味はないからさ。あと君、何の準備もしてないでしょ。男同士は色々と大変なんだよ」

筋肉のついた腕で、ぎゅっと抱きしめてくれる。

そしてゆっくりと何度も頭を撫でてくれた。

「急に怖かったね」

港くんがいたずらっぽく微笑む。その笑顔を見た瞬間、なぜだか僕は急に泣きたくなってきた。大した覚悟もなく彼を押し倒したくせに、震えて最後までいくことができない。何て間抜けで惨めなんだろう。童貞の高校生でももっとうまくやれたはずだ。そうやって落ち込んでいる僕を見て、港くんは笑ったまま溜息をつく。

そのまま日常に戻るのは何だか気恥ずかしくて、僕たちはしばらく裸のままベッドの上にいた。港くんの胸の上でうつ伏せになる。さっきの失態を思い出したくなくて、ひたすら彼の鼓動の音を数えていた。港くんも何も言わずに腕を回して、ゆっくりと僕を抱きしめてくれる。緊張が解けていき、少し眠くなってきた。誰かの肌に触れるのが、こんなにも安心するものだということを、そういえばずっと忘れていた。

いつの間にか街の稜線が、赤いフェルトを何枚も重ねたような色に滲んでいる。その光が窓ガラス越しに僕たちが横になるベッドを染めていた。枕元に置いた目覚まし時計を見ると、もう午後9時を回っている。そういえば、あと一ヶ月で夏至だ。

「ご飯、作ってきますね。何か食べたいものありますか」

「香港スーパーストアで味噌買っといたから、豚汁作って欲しい」

ベッドの上で、港くんが真っ直ぐに僕に視線を合わせて微笑んでいる。もう全身を見られているはずなのに、何だか恥ずかしくて港くんから隠れるようにして服を着た。

冷蔵庫の中から食材を出していると、まだボクサーパンツしか穿いていない港くんが、鼻歌を口ずさみながら無邪気な笑顔でやって来る。

その姿がとてもかわいらしくて、ナスを手にしたまま、思わず目を背けてしまう。

「何だよ、俺が素敵すぎてきゅんきゅんしてるの？」

まさか図星だとは言えずに、何も言い返せない。誰かを好きになることって、こんなに息苦しかったのか。心地の良い痛みが胸のあたりでうずうずしている。港くんは何かに気付いたらしい。

「ヤマト、Tシャツの裏表、反対じゃん」

本当だ。さっき焦って服を着たから間違ってしまったらしい。港くんは短く笑うと、優しく僕の両手首を掴んできた。

「はい、万歳して。直してあげるから」

港くんの提案に耳を疑う。

「いいですよ。服くらい、自分で直せます」

「今さら恥ずかしがらなくていいよ。もうお互い、全部知ってるんだし」

そう言いながら、港くんは僕の両手を持ち上げ、そのままTシャツを脱がそうとする。拒むのも嫌だから、仕方なく港くんのなすがままになる。Tシャツに視界を奪われながら思わずつぶやいてしまう。

「結局、僕たちってどういう関係なんだろう」

「セックスに失敗しても気まずくならない関係だろ」

そう言ってくれる優しさが嬉しくなる。頭からTシャツが抜けると、目の前に笑顔の港くんがいた。大きく口を開けて、犬のように人懐っこい表情をしている。咄嗟《とっさ》に抱きしめたいと思ったら、それよりも先に彼から抱きしめてくれた。甘い香りと気持ちのいい温度に身体が包まれていく。

「俺のことを好きなんでしょ」

「はい、好きです」

「それで十分だよ」

さっきと違って、今度は嬉しくて泣きそうになる。こんなにも素敵で、こんなにも格好いい人を好きでいられることが、嬉しい。その彼が、僕のために、僕のそばにいてくれることが、嬉しい。しかも明日からは朝も夜も一緒に過ごすことができるのだ。これ以上の幸せってあるだろうか。

港くんはまたさっきの鼻歌を口ずさみながら、僕を抱きしめてくれている。同居生活はうまくいきそうだと思った。

8月26日

今日は朝から曇り空だった。窓の外は重い夏雲に塞がれていたけれど、地平線の向こうには白いベール越しの青空が透けているようにも見える。そんな日は晴れになるように期待を込めて日焼け止めを塗るようにした。港くんに教えてもらってから実践しているおまじないだけど、確率は五分五分だ。

「もう行っちゃうの?」

玄関でスニーカーの紐を結んでいたら寝起きの港くんが現れた。眠そうな顔をして、パジャマ代わりのスウェットのまま、ペットボトルでサンペレグリノを飲んでいる。

「今日はお客さんが多いんで仕込みに時間かかりそうだから」

「一緒に朝ご飯食べられると思ったのに」

「アオゾラの仕込み、手伝ってくれてもいいんですよ」

何も言わずに港くんは僕を背中から抱きしめてくる。いくらこっそり家を出ようとしても、港くんはいつも気付いていて、出掛ける前にはこうしてハグをしてくれた。それに僕はキスで応える。

キスをするたびに、心の中でこっそり大雪の日にした初めてのキスを思い出すようにしていた。アルコールとミカンの香りが混じった不思議なキス。キスで夢が覚めてしまうおとぎ話は多い。だけど僕はどうしてもこの夢の日々を終わりにしたくない。ただ彼女にふられただけの何者でもなかった頃の自分にはどうしても戻りたくない。

「じゃあ、いってきます」

「いってらっしゃい」

唇に港くんの余韻を感じたまま、アパートメントの外に出る。僕たちはもう何度のキスを交わしただろう。

まだ時々、信じられなくなることがある。こんな風に人生が進んでしまったことに。胸の高鳴りが、不安のサインではなく、幸せの証拠になったことに。

港くんを思い浮かべるたびに、彼への愛おしさが全身から溢れ出してくる。さっき別れたばかりなのに、もう港くんに会いたくなってしまう。

七月にオープンしたレストランの客入りは上々だった。予想していた通り、港くんと僕の写真はネット上で拡散され続けた。少し検索すれば、街中で撮られた僕たちの写真がいくらでも見つかる。引っ越しの日、オリガミの前でわざと恋人のように手をつないだ一枚は、それだけでまたネットニュースになっていた。

そんな有様だったから、レストランのオープンも複数の媒体が記事にしてくれた。中には店舗にまで連絡をくれた記者もいたから、きちんとインタビューにも応えた。

さすがに港くんとの関係はぼかしたけれど、結局「港颯真の新恋人がレストランオープン」という記事が週刊誌にも掲載された。律儀に出版社からは国際郵便で掲載誌が店宛てに送られてきた。港くんからは馬鹿にされたけれど、僕はスクラップにして大切に保管している。

雑誌を読んだのか、コーヘイからは店宛てにひまわりの花束とクリスタルのボトルが届いていた。ネットでアムステルダムの業者に発注してくれたらしい。

お礼のメッセージをFacebookで送ると「いいね」のサインだけが返ってきた。そういえばコーヘイは、僕と港くんのことがネットニュースになったときも何の詮索もしてこなかった。その素っ気ない優しさがコーヘイらしさなのだろう。

父親からも連絡があった。親戚か誰かに僕が話題になっていることを聞いたらしい。古い人間だから拒絶反応を示されるのかと思ったら、ショートメールには「応援してるよ」とだけ書かれていた。

問題は母親だった。父親によれば、彼女は港くんとのニュースにショックを受けているらしい。港くんとのことが世界中に拡散されてもいいと思っていたけれど家族となれば話は別だ。特に、真面目な銀行員である母に僕のことが誤解されるのはとても居心地が悪い。

「別にゲイになったわけじゃないんだけどな」と返信を書きかけて止めた。だってもはや今の僕にとって、ゲイかどうかは大きな問題ではない。港くんを好きになったというだけで、これから僕がまた他の男の人を好きになるかどうかはわからない。そもそも今は、港くん以外の誰かと恋に落ちるなんて考えられない。

日焼け止めのおまじないが効いたのか、ダム広場に着く頃には空がすっかり晴れていた。アムステルダムの夏は気持ちがいい。沿道にはハーリングを売る屋台が並び、街ゆく人々もどこか陽気だ。

その幸せそうな様子を眺めて、僕は新教会から一本裏手に入った通りにあるアオゾラに着く。少し奥まった場所にあるが、それが隠れ家みたいで気に入っていた。

カウンターが七席と個室だけの小さな店舗だ。ジャンルで言えば、日本食を中心としたフュージョン料理ということになる。桃とモッツァレラのサラダ、パクチー餃子、牛ランプ肉とアボカド、牛タンの煮込み、ウナギの炭焼き、白アスパラガスと素麺、百合根のリゾットといったメニューは港くんと一緒に考えた。

キッチンではカンが野菜を切っている。本当は僕一人で切り盛りすることも考えたのだが、どうしても無理ということがわかったときに、ちょうどカンから連絡があった。メグロさんと喧嘩をしてオリガミを辞めることになったらしい。考えてみれば、オランダ語も話せるし、調理の腕も問題がない。あの嫌味な笑顔を思い出して迷ったが、知らない誰かを募集して一から関係を築くくらいなら、カンのほうが気楽だ。

「あれ、ヤマトもう来たの？」

「今夜の仕込みは時間かかりそうだから。カンこそ、早くからありがとう」

自分が優位な立場になってわかったのは、カンは決して嫌味ばかりを言う皮肉屋でも、マウントばかり取る人物ではなかったということだ。

昔の僕なら「もう来たの」という一言にも、「来るなって言いたかったのかな」とか余計な推測をしていた。実際は僕が気にしすぎていただけだった。要は、自分に自信がないばかりに自意識過剰になっていたのだ。

着替えを済ませると、小麦粉を計量して、餃子の皮を作り始める。開業当初こそは好奇心丸出しの日本人が多かったが、今では地元のお客さんも増えた。アムステルダムには、居酒屋や寿司といったオーソドックスな日本食レストランは多くても、まだフュージョンスタイルは珍しいようだ。

高いお酒は出さないし席数も少ないので、一日の売上は20万円程度。だけど月の稼ぎから家賃、カンに対する人件費、光熱費や材料費を引いても150万円以上は残る。僕の給料は50万円に設定されていたが、ほとんどお金を使うこともない。

時々、日本から港くんの友人が訪ねてくることもある。

この前は古くからの知り合いだという三人組の男性が店に寄ってくれた。元国民的アイドルグループのリーダー、小説家や俳優としても活躍するお笑い芸人、アマチュア無線が趣味のジャーナリストという奇妙なトリオだ。そのときは店を貸し切りにして、港くんがバリスタとして自慢のコーヒーを淹《い》れていた。

仕事が一段落して、カンと味見代わりに素麺を食べているときだった。店の扉を開ける音が聞こえた。港くんかと思ったら、五十歳くらいのアジア人の女性が立っていた。さっぱりとしたショートカットに、黒くて上品なシャネルのワンピース。大きなプラダのサングラスをかけている。港くんのファンだろうか。それならやんわり追い返さなくてはならない。彼女はぎこちない笑みを浮かべて僕に話しかけてきた。

「颯真くんいる?」

やはり少しおかしなファンらしい。それならすぐに帰ってもらわないと。僕の雰囲気を察知したのか、彼女は顔の前で手を振る。

「違うの、ファンじゃないんです。今、名刺出すから待って」

そう言って、彼女はエルメスのソフトバーキンを漁《あさ》り始めた。しかしすぐに名刺入れが見つからなかったらしくて、荷物を一つずつカウンターに置いていく。財布、スマートフォンとタブレット、化粧ポーチ、真っ白い皮の手帳、葛根湯、そして何冊かの薄い冊子が積み上げられていく。怪しい人だと思いながら、その必死さの前に僕は黙って見守るしかなかった。

「え、久美子さん？　何してるの？」

素っ頓狂な声が聞こえた。黒いＡＳＳＣのＴシャツ姿の港くんが目をパチパチさせながら、店の入口に立っている。ポンパドールの袋を持っているから、ケーキでも差し入れに来てくれたらしい。

「そんなの君への用事に決まってるでしょ」

女性は港くんの質問を受け流し、バッグの中を探し続けている。そしてようやく見つかったのか、僕に名刺を渡してくれた。「ルチル代表取締役社長　品川久美子」という文字を頭の中で黙読する。しかし港くんとの関係はさっぱりわからない。

「何で急に来るの？」

「だって隼くんとも会わなかったんでしょ。いきなり押しかけるしかないじゃない」

港くんは困惑した顔をしながらも、その表情からまるで嫌悪は感じられなかった。彼女も女優なのだろうか。確かにスタイルはいいし、危なっかしい雰囲気も演技派と言われたら納得できなくもない。新しく買ったｉＰｈｏｎｅで「ルチル」と検索してみる。

「映画の話が来てるの。戻らない？」

久美子さんはカウンターの上に乱雑に置かれた冊子を港くんに差し出す。どうやら、映画の台本だったらしい。

ルチルとは港くんが所属していた芸能事務所の名前だった。大規模ではないものの、人気の俳優や女優が多く在籍していて、ウェブサイトには僕でも知っている有名人の顔写真が並んでいる。

「そんなのＬＩＮＥで言ってくれたらいいのに」

港くんはもらった台本を興味がなさそうにめくる。

「引き受けた？」

「もちろん断るよ」

突き返された台本を久美子さんが大事そうに抱え込む。

「俺、この街で楽しくやってるの。貯金もまだあるし、この店も軌道に乗ったところだからさ。日本に帰ってもまたバッシングされるだけだよ。それに今度こそ薬物で逮捕されたら洒落にならないでしょ」

「まだクスリ止められてないの？」

港くんは黙って下を向く。本当は僕が代わりに質問に応えたがったが、口を挟むべきではないと思った。

「アムステルダムを選んだってところから察してよ。久美子さんが俺のことを気に掛けてくれるのは嬉しいけど、もう迷惑かけたくないんだよ。誰でもなかった俺を探し出して、選んでくれたこと、本当に感謝してるんだから」

久美子さんは不適な笑みを浮かべると、再び港くんに台本を手渡そうとする。

「よかった。アムステルダムまで来た甲斐があった」

「俺の話聞いてた？」

港くんは簡単には久美子さんが差し出した台本を受け取らない。

「聞いてたわよ。私に感謝してるんでしょ。だったら受け取って」

二人は仲のいい親子のように、台本を押し付け合っている。

港くんが本当に映画の仕事を引き受けるのかわからない。もしもそうなったら、芸能界に復帰するということだ。それは彼のアムステルダム生活は幕を閉じ、僕たちの同居生活も終わりを告げることを意味する。

そのことに気が付くと、さっきまでの満たされた気持ちが嘘のように、不意の動揺に襲われた。心が小刻みに震えているのがわかる。

嫌な予感ばかりが当たっていた頃の自分を思い出してしまう。できるだけ港くんとの幸せな生活を思い浮かべようとした。彼が日本に戻って活躍する姿を想像すると、それが本当になってしまいそうだったから。

ついに根負けしたのか、久美子さんはカウンターの上にばらまいてしまった荷物をバッグに詰めて帰り支度を始める。だけどきちんと台本だけは戻さずに残していった。

「急がないから考えておいて。どっちにしても脚本には手直しが必要だから、すぐには動かないと思う」

「だからもう迷惑かけたくないんだって」

久美子さんは僕とカンにも丁寧に挨拶をして店を出て行った。港くんは困ったように、カウンターに置かれた台本を手に取る。

「あと、また今夜ね」

一度帰ったかと思った久美子さんが、ひょこっと扉から顔を出して告げてきた。はっとして予約名をタブレットで確認する。店の予約フォームから登録があったらしく、名前の欄には「ＫＳ」とだけ書かれていた。きっと久美子さんのイニシャルだ。

「もう勘弁してよ」

港くんは、面白いくらいに困った顔をしている。僕はもう我慢できなくて、カンがいるというのに、港くんをぎゅっと抱きしめてしまう。

「急にどうしたの」

「好きなんだからいいじゃないですか」

いつもより強く顔を彼の胸に埋めた。もうすっかり僕の一部になってしまったミカンと桃を混ぜた香りと、港くんの体温に全身が包まれる。一瞬だけ、このまま世界が終わればいいのにと思った。そうしたらもう別れずに済むから。

いつの間にか当たり前になりかけていた、こんな時間は信じられないほど貴重なのだ。僕はずっと港くんと一緒にいたい。きっと港くんもそう思ってくれている。だけど、二人が離れることを望まなくても、社会がそれを許さないこともあり得る。港くんのことを待っている人がいるのだ。それを止める権利は僕にない。彼の復帰を拒みたくもない。

一体こんなとき、僕は彼に何て言えばいいのだろう。きちんと気持ちを伝えようと約束したはずなのに、うまい言葉が思い浮かばない。

僕の不安に気付いたのか、港くんも負けないくらい、力強く僕のことを抱き返してくれた。ねえ、こんな日々はいつまで続くのだろう。

「幸せそうでいいね」

キッチンに戻ったカンが、呆れた表情で僕たちを眺めている。

「でも会えるうちは、そうやって気持ちを確かめ合うのがいいよ。Een verveland misverstand を生まないためにもね」


夜の7時ぴったりに久美子さんは真っ赤なドレスで現れた。何年か前のロッテルダム映画祭で知り合ったというアムステルダム在住の映画関係者を一緒に連れてきていた。英語でNetflixやディズニーの映像戦略や、ヨーロッパ映画の未来について語る彼女は堂々としていて、さっきまでの挙動不審な様子はまるでなかった。

何本ものワインボトルが空になっていく。途中からは港くんも参加して、映画談義や演技論に花を咲かせる。お酒が入っているはずなのに、僕といるときとは違う、真面目で凜々《りり》しい顔が印象的だった。その横顔をとても眩しく感じる。

いつか港くんは「ほとんどの成功者は、時代に輝かせてもらっているに過ぎない」と言っていたけれど、彼こそ、きちんと時代に乗るべき人物なのではないか。アムステルダムで、こんな小さなレストランを経営している場合じゃない。彼にもっとふさわしい活躍の場があるのではないか。そんなことを考えながら、鍋で食材を炒めていた。

「じゃあ俺は先に上がるね。また明日」

デザートまで作り終えたカンが帰り支度を始める。

「ねえ、Een verveIend misverstand って何て意味なの」

あの雪の日、清掃員の写真を撮ってしまったときにカンがつぶやいていたオランダ語だ。さっきも言われたので、気になっていた。

「今の君たちには無縁の言葉だよ。『悲しい誤解』。僕が初めて覚えたオランダ語なんだよ。人間って何ですれ違っちゃうんだろうね」

悲しい誤解。その言葉を口の中でつぶやきながら、家路につくカンを見送った。彼から見れば、僕たちは人目を憚《はばか》らずに仕事場で抱き合う幸せなカップルそのものだろう。少なくともカンに、僕の動揺がばれていなくてよかったと思う。

「ああ、飲み過ぎた」

すっかり暗くなった帰り道で、港くんはおどけた低い声を出す。夏のアムステルダムは深夜2時を回っても騒がしかった。クラブ帰りの若者や観光客が賑やかに街を行き交う。空はすっかりと晴れ、満月が鮮やかに運河の水面に映り込んでいた。

「テキーラよりはましでしょ」

「お前が隼を呼び出した夜ね。勝手に俺の昔話をたくさん聞いてただろ」

「やっぱり起きてたんですか」

港くんが日本へ帰ったら隼さんと会うのだろうか。また二人は親友に戻るのだろうか。そんなことを考えていると、港くんから手をつないでくれる。何でこの人には、僕の不安がいつも筒抜けなのだろう。

「隼に感謝することがあるとすれば、こうやってヤマトに会えたことかな。あのね、信じてもいいと思える人と出会うって、すごく難しいんだよ」

月を見上げる。満月の周期は29・5日だというけれど、僕たちはあと何度、こうやって月を見ることができるのだろう。ひやりとした風が吹く。甘ったるいマリファナの匂いが混じっている。向かいのベンチに座っている恋人だろうか。港くんの表情を覗き見ると、楽しくて仕方がないという顔をしている。飲み過ぎたというのは本当らしい。

さっきまでの不安が少し落ち着いた気がした。僕の隣には、こんなに幸せそうな顔をした人がいるのだ。それ以上、何を望めるというのだろう。

あらゆる関係は永遠ではない。人の気持ちは揺らぐし、事故や病気といった不可抗力の前でなすすべもなく終わるつながりも多い。仮に寿命まで互いを思い合う気持ちが続いても、それは無限の時間を意味する永遠と比べれば、あまりにも心許なく儚《はかな》い期間でしかない。だから僕たちは、たとえ一瞬でもお互いに通じ合っていたことを確かめるように、抱き合ったり、キスをしたり、セックスをしたりする。

昔は、いくらキスやセックスをしても、本当に二人が誤解なくつながり合っているかなんてわからないと冷めた見方をしていた。いくら言葉を尽くしても、互いの気持ちを伝え合うのは無理なのだから、誤解は広がっていく一方なのではないか、と。だけど港くんと出会って、僕は考え方を少し変えた。

誤解とは大前提なのだ。あらゆる関係には、誤解や思い違いやすれ違いが含まれている。その中で、誤解を解こうとする過程にこそ意味があるのではないか。完璧に理解し合うことが無理だとわかりながら、その状態に近付こうとする試行錯誤こそが、誰かを思い合うことなのだと思う。

だからきっと、愛の言葉と言い訳は似ている。わざわざ「好きだよ」と口に出すのは、好きじゃない可能性を否定するため。「ずっと一緒にいたい」と伝えるのは、やがて別れる日が来るのを予感しているから。いつか港くんに長いラブレターを書くことがあったら、きっと言い訳の言葉ばかりが溢れてしまうのだろう。

世界には無数の可能性が潜んでいて、そのどれを選んでも、おおよそ日々はつつがなく続いていく。僕たちが付き合い続けても別れても、明日は間違いなく訪れる。

だからきちんと伝えないといけない。世界に二人だけしかいなければ、伝える必要のない言葉。世界に愛という感情しか存在しないならば、わざわざ口に出すまでもない言葉。世界が永遠に続くのならば、確認するまでもない言葉。

「僕、港くんのことが好きです」

「ヤマトも酔ってるの？」

「約束したじゃないですか。ちゃんと思ってることは口に出そうって」

「じゃあ俺も好きだよ」

港くんがキスをしてくれる。こうやって街中で男同士がキスをしたところで、誰も気にも留めない。世界中に溢れているキスはきっと言い訳なのだろう。少なくとも今、この瞬間だけはあなたが好きです、と。

キスは、未来のことは何も約束してくれない。それどころか、絶対に確かな約束なんてあり得るはずもない。だけど、あきらめたくないと思った。わずかな可能性に賭けて、僕たちは誰かをずっと愛してみようと誓うのだろう。

9月5日

運河沿いの針葉樹には、油絵の具で塗ったような紅葉が広がり始めていた。牛乳のような色をした羊雲が、澄んだ秋空の果てまで伸びている。半分だけ開けた窓から吹いているる風は、少しだけ冷たい。Spotifyからは松たか子の「Kisses」が流れていた。ずっと昔に昼休みに流れていた校内放送で聞いた覚えがある。

僕はリビングでアオゾラの売上をスプレッドシートに打ち込んでいた。売上は順調に伸びているが、課題はいかに客単価を上げるかだ。料理に合ったマリアージュでも提案できるようになればいいのだけれど。少し気が早いがもう一店舗の出店を考え始めてもいいのかも知れない。

「定休日くらいゆっくりしなよ」

港くんがMacbookの液晶画面を後ろから覗き込んでくる。

「もう少しで終わりますから」

「明日でいいじゃん」

そう言うと港くんはMacbookを取り上げてしまう。そして一瞬、いじわるそうな顔をすると、画面右上の検索タブに「mp4」と打ち出す。パソコン内に保存してあるmp4動画の一覧がウィンドウに現れる。

「何してるんですか」

初めは何をしているのかわからなかったが、画面に出てきたファイル名を見てひやっとした。そこには経営学のセミナーなど真面目なコンテンツに混じって、パソコンの中に溜め込んでいたアダルト動画が羅列されていたからだ。

「お前の性癖を把握しておこうと思ったんだよ。『ミスキャンAVデビュー』『街角素人ナンパ』『爽やかインテリ女子大生』。何だこれ、泣きたくなるくらい平凡な趣味だね。ええと、最終再生日はいつかな」

恥ずかしくなって港くんから奪うようにして、Macbookを取り上げる。

「急にどうしたんですか。いいでしょ、AVくらい見ても」

検索結果のタブを閉じようとしたのだが、間違ってファイルをクリックしてしまった。安っぽいBGMと共に動画ファイルが再生されてしまう。閉じるボタンにカーソルを合わせようとするが、慌ててしまいうまくいかない。恥ずかしい素振りを見せる女の子のインタビューが始まってしまう。

「ヤマト、久美子さんに何か連絡した？」

港くんが笑いながら尋ねてきた。なんでこんなタイミングなのだろう。そのうち気付かれることだから、何て説明をしようか散々頭の中でシミュレーションしていたはずなのに、うまく言葉が出てこない。代わりに画面の中の女の子が饒舌《じょうぜつ》に自分の性経験を披露している。もう正直に伝えるしかない。

「はい、お礼のメールを送りましたよ」

できるだけ淡々と応えた。久美子さんからもらった名刺にはメールアドレスが書かれていたので、レストランへ来てくれたお礼と共に、余計なお世話だとわかりながら港くんの簡単な近況を記した。

「俺がドラッグ止めたって書いたの？」

「はい、だって本当じゃないですか。僕と暮らし始めてから、ポッパーズもコカインも吸ってないですよね。この前のホームパーティーでは、マリファナさえ遠慮してたでしょ。代わりにテキーラを十杯以上も飲んでて、どっちが身体に悪いのかはわからなかったけど」

「別に止めたわけじゃないよ。ただ、あんまりそういう気分にならなかっただけでさ」

コカインは身体的依存性が低く、精神的依存性の高い薬物らしい。もしも僕の存在が彼にとって、薬物の代わりになっていたら嬉しいことだと思う。

画面の中の女の子は服を脱ぎ始める。私服ということになっている清楚な白いブラウスのボタンを一つずつ外していく。そのたびに、胸元まであるストレートの黒髪が揺れるのが好きで、そこだけ何度も見返した動画だった。

「久美子さんから何か連絡があったんですか」

「ドラッグの心配がないなら、なおさら戻ってくればいいのに、って」

今度こそ動画を閉じようと思ってトラックパッドに手を置くと、港くんに後ろから抱きしめられた。

「俺に日本に帰って欲しいと思ってるの？」

「違います。もちろんずっと一緒にいたいですよ。こんな幸せな日が続いて欲しいと思います。だけど僕だけが港くんを独占していいかわからないから。港くんには本当はもっとふさわしい場所があるんじゃないですか」

すっかり服を脱いでしまった女の子が、躊躇《ためら》いがちに足を広げる。港くんが僕の耳をぺろりと舐める。思わず吐息を漏らしてしまう。ずるい、と思う。こんなことをされたら決心が揺らいでしまう。

「そんな寂しいこと言うなよ。ヤマトは俺なしでも大丈夫ってこと？」

「離れたくないですよ。港くんのこと、行かせたくないに決まってるじゃないですか」

こんな真面目な話をしているのに、女の子はサングラスをしたインタビュアーにバイブレーターを当てられながら、わざとらしい喘《あえ》ぎ声を上げ始める。港くんは抱きしめていた手をほどいて、僕の下半身をまさぐり出す。

「そっか、別にAVがあれば俺なんていなくてもいいのか」

港くんの指先が、いじけた子どものように僕のデニムの上を行ったり来たりする。

「子どもじゃないんだから、AVなんかにやきもちを焼かないで下さい」

画面の中の女の子は、まだ不自然な声を上げている。もうここからは好きじゃなくて、あまり見たことがないパートだ。僕は港くんの腕を掴んで、彼に向き合う。

「港くんはどうしたいんですか」

港くんは軽く頭を振った後で、急に真面目な顔になる。

あの夜、アオゾラで見たような凜々しい表情。仕事のことを考えると、彼はこんな顔になるのだろう。遥か遠くを見据えた目線。堅く閉じられた唇。いつもまとっている柔らかさの代わりに、精悍さと勇敢さが彼を包んでいる。

それは僕が昔、テレビで観たことのある、港颯真の顔だった。

「正直、いい作品だと思ったよ。俺が関わる意味もある。わざわざ久美子さんが持ってきてくれただけあると思った。あの人、ちゃんと脚本を読める人だから」

「じゃあやればいいじゃないですか。僕、待ってますから」

僕も努めて真面目な顔をする。だけど役者ではないから、不安や寂しさが混じってしまうのが隠し切れていなかったと思う。だって本当は日本になんて行って欲しくない。離ればなれになんてなりたくない。僕を置いてきぼりにして欲しくない。

「カンくんと浮気しない？」

「しません。お互い、好みじゃないんで」

「サクラちゃんとよりを戻さない？」

「しません。もう連絡先もブロックしました」

「AV観ない？」

「それくらいは許して下さい」

そんなやり取りをしながら、どんどん悲しくなった。どんな嘘をついてでも港くんを止めたいけれど、そんなことをしたらきっと何度も後悔してしまう。港くんには戻るべき場所がある。彼を待っている人がいる。

僕なんかが彼を独占してしまっていいわけがない。

港くんは観念したように、大げさに後頭部を掻く動作をする。そしてゆっくりと十秒以上目を瞑ると「わかったよ」と小さくつぶやいた。仕事のために日本へ戻ることを決めたのだろう。さっきまではその決断を応援していたはずなのに、いざそれを彼の口から聞くと寂しくて仕方がなくなる。

港くんがいなくなったら、日々の時間をどうやって埋めたらいいのだろう。大切な相談を誰に持ちかけたらいいのだろう。落ち込んだときに誰に励ましてもらえばいいのだろう。キスをしてもらいたくなったら、どうしたらいいのだろう。

「やっぱり、やだ」

「は?」

思わずもらした僕の弱音に、港くんが眉間に皺を寄せ、困惑した表情を見せる。

「港くんがいない生活、無理かも」

「何なんだよ。さっきまでは日本に帰れって言ってたのに」

「急に寂しくなったんです」

本音だった。自分でもおかしなことを言ったとわかっている。港くんの着ている、クマの描かれたグッチのフーディーの裾を掴む。だけど港くんはもうすっかり凛々しい俳優の顔になってしまった。笑ってさえくれない。

「だめだ。俺はもう決めたんだからね。これからきちんと身体作りもして、演技の勘も取り戻して、完璧に仕事をこなしてくる。日本に帰るまでの間も忙しくなるから覚悟してね。もうこれまでみたいにヤマトには構えないし、俺のことをちゃんとスターとして扱ってもらうから。俺からキスするのはいいけど、お前からのキスは受け付けない」

そこまで言って、港くんは途端に顔をほころばせる。

そして僕の両頬を手で挟み込んだ。

「そんな顔するなよ。別に一生会えなくなるわけじゃないんだし」

「ちゃんとまた会えますか」

「当たり前でしょ」

そう言って港くんは、いつものようにキスをしてくれる。答えの出ない不毛なやり取りを打ち止めにするための、幕引きのキス。

本当は、この唇と唇を接触させている間だって、港くんが何を考えているのかなんてわからない。だからせめて自分の気持ちをはっきりするために、今度は僕から港くんにキスをしようとしたら、止められてしまった。

「ダメだって。俺からのキス以外は禁止ね」

「いじわる。じゃあもうずっとキスしててよ」

まだ一日は始まったばかりだというのに、そのまま僕たちは何度もキスをして、何度も抱き合って、そんなことばかりをして時間を過ごした。

夕方になったら、港くんが料理を作ってくれた。ゆで加減も適当なパスタで、決しておいしいとは言えないそれを、僕たちは笑いながら食べた。お腹が一杯になると、バスタブにモルトンブラウンのバスジェルを入れてからお湯を張った。何を考えたか港くんがボトル一本分を全部使ってしまったので、泡がバスタブを大きくはみ出して、バスルーム全体が泡風呂のようになっていた。防水スピーカーを持ち込んで、懐かしいJ-POPをかけながら二人でお湯の中で抱き合ったりした。それに飽きると、バスローブだけを羽織って港くんの部屋に置かれたキングサイズのベッドで横になる。Tony'sのチョコレートとJoe&Seph'sのキャラメルポップコーンを出してきて、Netflixで「ワン・デイ」を観始めた。それが終わるとYouTubeで港くんが出演した昔のドラマやバラエティをたくさんザッピングした。五歳児みたいなテンションだった昔の港くんを、今の港くんが真似してくれる。それを見て僕は大笑いする。そんなことをしているうちに、いつの間にか、すっかりと夜も更けていた。

僕たちはまだ眠りたくなくて、この半年間に二人が撮った写真や動画を見せ合った。大雪に染まったアムステルダム。おとぎの国のようだったデルフト。EDMが鳴り響いていたパーティー。隼さんとエスケープルームに行ったこと。魔法の国のように煌《きら》めいていたハンブルクの移動遊園地。アオゾラがオープンした日。たった半年なのに、まるでも随分と長い時間を港くんと過ごしているような気がする。彼が日本に戻ったら、新しい恋人を見つけてしまうこともあるだろう。元の華やかな生活に戻り、アムステルダムに見向きもしなくなるということもあるだろう。

「何、考えてたの」

「港くんに出会えて本当によかったって思ってました」

「嘘っぽいなあ」

永遠なんてあるはずがない。港くんと別れる日は来るのだろう。だけど、僕には自信を持って断言できることがあった。

それは、思い出したい瞬間の数なら、もう誰にも負けないということだ。数え切れないほどの、ともすれば世界のどこにも残らなかったかも知れない、だけど僕にとってかけがえのない瞬間。幸せだったというしかない、優しくて柔らかな日々。そんな大事な時間を重ねて来られたことが、本当に嬉しい。

流しっぱなしにしていたＹｏｕＴｕｂｅからは、どこかで聞いた覚えのある曲が流れ始めた。いつの間にか港くんも口ずさんでいる。それで思い出した。ハンブルクで僕に服を選んでくれたときの鼻歌と同じメロディーだ。あのときは物悲しい旋律の曲だと思ったけれど、歌詞と共に聞くとイメージが変わる。

「この歌、好きなんですか」

「好きっていうか、俺の気持ちだよ」

そう言いながら港くんは何かに気付いたらしく、急に恥ずかしそうな顔をする。まさかそんな表情が見られると思わなかったから、自然と顔がほころんでしまう。後でこの曲の歌詞をきちんと確認してみよう。

窓の外を見ると、東の空が白んでいる。夜明けはもうだいぶ遅くなったと思っていたのに。二人してバルコニーに出る。さすがに息はまだ白くならないけれど、バスローブだけでは肌寒くて、一緒になって大きなブランケットにくるまる。

「薄明《はくめい》っていうんでしょ」

「空のことですか」

「そう。夜明け前の、空がほのかに明るく見える状態のこと。今って、夜でも朝でもないんだって。台本に書いてあった。気象予報士の役なんだよ」

すっかり見慣れてしまった街の稜線。レンガ造りのカナルハウスが密集した中心地の向こうには、直線を多用したコンクリートの新建築が建ち並ぶ。忙《せわ》しなく往来する貨物船やボートが水面を揺らす。

空は東から少しずつ色が変わっていく。寂しい濃紺から、優しい青へ。そして水彩絵の具をこぼしたような赤が、じわりと空中に広がり始める。朝はもうすぐそこだ。

「俺、こういう時間、あんまり好きじゃないんだよね。はっきりすればいいのにって」

「僕は嫌いになれないです。だって、白か黒かつけられないことって、世の中にたくさんあるじゃないですか。それこそ男が好きとか、女が好きとか」

「それは朝とか夜とか、大きな枠組みで物事を考えすぎているんだよ。君は俺が好きで、俺は君が好き。それでいいじゃん」

優しい青が満ちた空の一角が、黄色く染まっていく。眩しくて直視できない太陽の輪郭線は、どこかぼやけていた。代わりに運河の水面に反射した光が鋭く街を照らす。世界が少しずつ動き出していく。ひんやりとした朝風が吹いてきて、僕たちはブランケットの中で肩を寄せ合った。

「ところで映画の撮影期間ってどれくらいなんですか」

「二ヶ月」

「それが終わったら?」

「またアムステルダムに戻ってくるつもりだけど。せっかくフリーランスビザも取れたんだから」

僕は思わず「はあ?」という素っ頓狂な声を出してしまう。

「何だ、一年くらい会えないのかと思った。早く言ってよ」

「そんな仕事だったら絶対にやらなかったよ」

港くんがキスをしようとしてくれたから、それに先んじて僕からキスをする。

「このキス、何？」

「好きだって意味に決まってるじゃないですか」

僕は、港くんがアムステルダムを留守にする間、キスで気持ちを伝えられない代わりに、長いラブレターを書こうと決めていた。タイトルは、港くんが口ずさんでいたあの歌にしよう。

本作品はフィクションです。

参考文献

・有元葉子『だれも教えなかった料理のコツ』筑摩書房 ２００７年
・内田真美『洋風料理 私のルール』アノニマ・スタジオ ２００７年
・佐久間裕美子『真面目にマリファナの話をしよう』文藝春秋 ２０１９年
・瀬戸晴海『マトリ』新潮新書 ２０２０年
・高崎ケン『アムステルダム裏の歩き方』彩図社 ２０１８年
・塚本堅一『僕が違法薬物で逮捕されＮＨＫをクビになった話』ＫＫベストセラーズ ２０１９年
・船山信次『〈麻薬〉のすべて』講談社現代新書 ２０１１年

Mijn speciale dank gaat uit naar

Shuichi Tetsuo　Kanako Oshima
Manami Kuriyama　Haruki Harada　Yuka Kimura
Laurie Janssens　Sabrina Benzerfa
Mamiko Akimoto　Ichiro Shinohara　Yosuke Ito　Yu Shirota
Masami Hatanaka　Ryogo Matsumaru　Takeru Satoh　Jamil Kazmi
Haruko Kumota

装画　雲田はるこ
ブックデザイン　鈴木成一デザイン室

古市憲寿　ふるいち・のりとし
一九八五年東京都生まれ。社会学者。慶應義塾大学SFC研究所上席所員。日本学術振興会「育志賞」受賞。若者の生態を的確に描出した『絶望の国の幸福な若者たち』で注目され、メディアでも活躍。初めての小説単行本『平成くん、さようなら』と『百の夜は跳ねて』は連続して芥川賞候補作となり注目される。他に『奈落』や、新書『だから日本はズレている』『誰の味方でもありません』など著書多数。

アスク・ミー・ホワイ

二〇二〇年八月二七日　第一刷発行

著者　古市憲寿
発行者　鉄尾周一
発行所　株式会社マガジンハウス
〒一〇四－八〇〇三 東京都中央区銀座三－一三－一〇
書籍編集部☎〇三（三五四五）七〇三〇
受注センター☎〇四九（二七五）一八一一
印刷・製本所　株式会社リーブルテック

ISBN978-4-8387-3111-4 C0093